KB271967

아직도 피어나는 꽃

당신이 사랑의 시작이다

소병식 에세이

아직도 피어나는 꽃
당신이 사랑의 시작이다

소병식 에세이

씨
아이
알

살아온 세월을 돌아보면, 삶의 긴 여정은 나의 의지와 진실을 시험하는 거친 들판이었고, 무명의 밤을 지나는 모험이었습니다.

그 들판의 밤을 건너며, 나 자신의 존재와 맞닿게 하기 위한 마음을 놓지 않았지만, 마주한 결핍과 상실, 아픔과 극복이라는 삶의 무게를 견디기 어려운 적도 많았습니다.

그 순간마다 꺾이지 않는 마음으로 나는 나 자신을 조금씩 새롭게 배우며 살아왔습니다.

언제부터인가 '세상처럼 살아라'라는 외침으로부터 '나처럼 살자'가 드러나는 경험을 하였습니다. 무엇이 나에게 그런 용기를 불어넣었는지 알 수 없습니다.

그러나 그 경험은 사라지지 않고 내 안에 남아 지금의 나로 존재하게 하였습니다. 돌이켜보면, 그 여정은 나를 찾는 수행의 시간이었습니다. 그 시간이 나에게 삶의 '여백'을 남겼고, '위안'이 되었습니다.

그 여정의 어느 순간부터 나에게 글은 나 자신을 위로하는 수단이었습니다. 글은 언제나 미완성이었지만, 내 마음은 조금씩 풀려나갔습니다.

누구에게 보이기 위해 글을 쓰지는 않았습니다.

그러나 나는 이 책을 통해 그 여백과 위안의 의미를 공유하고 싶었습니다. 이 글들은 매일의 사유와 침묵 속에서 피어난 생각의 조각들입니다.

누군가의 삶에도 이런 여백이 있다면, 그 안에서 스스로를 위로하고 다시 나아갈 수 있기를 바라는 마음으로 썼습니다.

이 책이 조용한 빛처럼, 누군가의 하루에 작게나마 따뜻함을 남길 수 있기를 바랍니다.

2025년 늦가을,
또 하나의 하루가 흘러가는 풍경 속에서
소병식

3 _ 흔들리며 가는 것이 삶이다 117

꺾이지 않는 마음, 존재와의 맞닿음

4 _ 당신이 사랑의 시작이다 149

시간이 흘러가는 대지에 피어나는 존재

우리가 살아가는 세계가 상대적이고 유한의 세계인 한, 삶은 한계와 불확실성을 전제합니다. 삶은 언제나 미완 속에서 다음 여정으로 넘어가며 영원한 기다림으로 흘러갑니다.

기다림 속에서 서성이다 마주한 풍경에 대한 느낌, 우연히 다가온 생명에 대한 환희, 일상에 녹아든 감정, 존재를 향한 질문들……. 이 책은 그 여백을 따라 걸어온 나의 사유의 기록입니다.

삶은 존재에 맞닿아 있어야 하고, 나는 그 맞닿음을 위해 끊임없이 존재를 바라보려고 했습니다. 그 안에서 스스로의 한계를 넘어서고자 했습니다. 그렇게 흘러온 시간이 내게 말합니다.

"당신에게서 평온의 빛을 보았다. 고생했다."

이 글들이 당신의 하루 어딘가에서
잠시 멈추어 자신을 바라보는 여백이 되기를 바랍니다.
그 여백 속에서 당신만의 존재와 마주하길.

1
오래된 기억이 기다림이 되다

내면의 성장을 위한 여정의 시작

하루를 시작하는 일
정성이 필요한 일이다.
이 아침
창문으로 들어온 빛의 파동이
얼굴에 미소를 남긴다.

기다림, 오래된 기억

기다림은 여백의 단어다. 그 안에는 태어남과 성장, 배움과 관계, 익숙함과 이별, 그리고 아직 도달하지 않은 죽음까지 삶의 모든 시간이 층층이 겹쳐 있다. 그 복잡하고 유동적인 시간 속에서 기다림은 단순한 사회적 행위가 아니라, '나'라는 존재가 자기 자신을 만나기 위한 가장 내밀한 길이다.

삶을 살아내는 개인에게 기다림은 자기 자신을 향한 물음이 된다. 기다림을 어떻게 받아들이고 감내하느냐에 따라 삶의 깊이가 달라진다.

우리는 누군가를 기다리는 것처럼 보이지만, 사실은 '나'를 기다리고 있다. 타인을 통해 확인하는 내가 아니라, 자기 존재에 스스로 도달하려는 내면의 호소. 그것이 진짜 기다림이다.

나에게 기다림은 오래된 기억이다. 한 번의 삶이라면 지나쳐도 될 일이지만, 삶이 그리 쉽게 닫히지 않는다. 그래서 기억도, 만남도, 기다림도 오래 머문다. 그렇게 기다림은 과거의 감각이 아니라 지금 여기에서 여전히 살아 있는 나의 또 다른 모습이 된다.

어릴 적, 방학이면 시골집에 내려갔다. 할머니를 부르며 집에 들어서면 언제나 맑은 미소와 소리로 나를 맞아주셨다. 잠에서 깨어 텃밭에 나가 계신 할머니를 찾아 걷던 그 조용한 순간,―그때의 나와 지금의 나는 다르지만― 그 장면을 떠올릴 때마다 내 안의 어떤 '나'가 조용히 깨어난다. 그 기억은 한 순간의 시간이 아니라 내면의 뼈대가 되어 나를 지탱해준다. 기다림은 그런 것이다. 어떤 시간은 흘러가지만, 어떤 기다림은 마음에 남아 구조가 된다.

기다림은 인내의 시간이 아니다. 기다림을 참아낸다고 말하면, 마치 외부의 압력을 그저 버티는 일처럼 들린다. 참된 기다림은 내면을 향한 능동적 사유의 시간이다. 그 시간은 나를 향해 돌아가는 궤도이고, 그 시간 속에서 '왜'라는 질문은 나를 조금씩 본질로 이끈다. 형이상학의 영역이 아니라, 사소한 일상에서도 질문을 멈추지 않는 태도. 그것이 관조이고 기다림이다.

인생의 어느 시점에서 이런 생각을 하게 되었다. 세상에서 만나는 모든 인연은 우연이 아니라, 어쩌면 오래전부터 예정되어 있었던 내면의 반향일지 모른다고.

사람들과의 만남도 중요하지만, 그 만남을 통해 드러나는 '나'의 무의식이 더 중요하다. 그 깊은 층에서 우리는 비로소 자신을 마주하게 된다.

시인은 기다림을 노래한다. 그 기다림은 단지 누군가를 그리워하는 서정이 아니라, 존재의 본질로 향하는 의식의 움직임이다.

김소월의 기다림은 이별을 견디는 슬픔을 견디는 절제였고, 서정주의 국화는 죽음과 삶이 교차하는 시점에서 생명을 받아들이는 마음의 결이었다. 나태주의 시는 삶의 순간을 더 깊게 들여다보는 애틋한 시선이었고, 파블로 네루다는 기다림을 사랑의 언어로 확장해, 결국 자기 존재의 일부로 만들었다.

그들은 말한다. '기다림은 감정이 아니라 태도다.' 나는 여기에 한 줄 더 보태고 싶다. '기다림은 곧 존재의 방식이다.' 세상의 소리보다 내면의 울림에 귀 기울일 때, 기다림은 예술이 되고, 하나의 이야기가 된다.

그래서 기다림은 누군가를 기다리는 일이 아니라, 나 자신에게 다가서는 일이다. 사람을 기다리는 일이 곧 나를 발견하는 일이 되는 이유가 여기에 있다. 누군가를 쉽게 떠나보내지 말라는 말은, 스스로를 서둘러 판단하지 말라는 뜻이다.

나는 누구인가? 내가 세계다. 내가 있어야 세계가 열린다. 기다림의 주체도 나고, 의미의 중심도 나이며, 변화의 원천도 나다. 삶은 결국 '내가 나를 어떻게 기다리고 있느냐'의 문제다. 타인을 향한 기다림이 아니라, 내 안의 깊은 나와 마주하기 위한 기다림. 결국, 모든 기다림은 나에 대한 기다림이다.

기다림은 시간 속에만 머물지 않는다. 그것은 공간에도 흔적을 남긴다. 사람은 떠나도 장소는 흔적을 품는다. 기억은 흐릿하지만, 그 시절의 어느 마디, 겨울 햇살이 스며들던 자리엔 여전히 따뜻한 온기가 남아 있다. 그래서 어떤 기다림은 다시 그곳을 찾아가는 일이다.

사라진 풍경 속에서 나를 다시 발견하는 일, 그것이 오래된 기다림의 또 다른 얼굴이다.

꽃보다,
별보다,
그 무엇보다 아름다운 그대여,
나를 기다리며 미소 짓고 있으면 좋겠네.

나 당신에게로 향하는 발걸음마다
이미 거기에 머무르고 있을 테니.

만나지 않는 시간은
만남을 기다리는 시간이고
만나는 시간은
다시 만날 시간을 생각하는 시간이다.

우리,
떨어져 있어서도 언제나 한결같은 존재이기를.

우리 만나기로 약속한 그곳으로 갈게.
당신을 기다리게 할 수는 없으니까.

나, 그 시간에 그곳으로 가
당신이 기다리는 그 자리에 앉을게.

삶의 진자(振子)

인상(印象, impression)은 마음속에 찍히는 어떤 장면이다. 설명할 수 없는 감각의 흔적, 그 순간, 마음은 자신을 비춘다.

당일치기로 동해안에 다녀오던 어느 날, 우연히 들른 설악산 자락의 한적한 카페에서 커피 한 잔을 마시며 바깥 풍경을 바라보았다. 겨울 빛이 유리창을 스치며 길게 그림자를 늘어뜨렸다. 늘어선 가로수, 메마른 들녘, 오후의 고요. 그 풍경이 오히려 나를 불편하게 했다. 평화로운 풍경이 오히려 삶의 공허를 불러온다. 아마도 그 고요 속에 숨어 있던 긴장이, 다시 일상으로 돌아가야 한다는 불편함이, 내 안의 불안을 건드린 것일지도 모른다.

삶은 늘 긴장과 이완 사이를 오간다. 바쁜 일상을 보내다가 잠시 휴식을 갖고, 휴식의 끝에 긴장이 고개를 든다. 여행을 가든, 친구를 만나든, 가족과 시간을 보내든, 그리고 잠을 자든, 우리는 그 흔들림 속에서 산다.

긴장은 단순히 삶을 힘들게 만드는 감정이 아니다. 긴장은 마음을 소모하면서도 그 속에서 다시 힘을 얻는 과정이다. 긴장이 있어야 힘이 생긴다. 욕망도 긴장이다. 욕망이 있어야 일이 된다. 어떤 목표를 세우고, 그것을 향해 나아가는 의지, 그 안에는 긴장이 있다. 긴장, 그 자체는 필요하다.

문제는 항상 지나치다는 데 있고, 특히 자각하지 못한 채 긴장하고 있는 것이다. 무슨 긴장인지 모를 때, 우리는 아프고 지친다. 의식된 긴장은 그 긴장으로 인하여 마음이 뭉치지 않기에 아프지도 않다. 알고 있기 때문에 놓을 수도 있는 것이다.

반면, 이완은 긴장의 반대지만 그 성격은 다르지 않다. 이완은 욕망을 내려놓는 것이다. 내려놓음은 해방감을 준다. 그러나 너무 오래 이완 속에 머무르면 방향을 잃는다. 의욕이 사라지고 의지조차 흐려진다. 긴장이 지나치면 병이 되고, 이완도 지나치면 병이 된다. 균형이 무너진 삶은 결국 어디든 기울어진다.

긴장하는 우리들의 삶 속에서 이완이 주는 달콤한 기대가 있지만, 이완이 많은 환경에서는 긴장에 대한 기대가 있는 것이다. 사람의 마음이 그렇다.

바쁘게 살다 보면 일상을 탈출하고 싶어지고, 그래서 공간을 바꿔본다. 여행을 가거나, 혼자 있거나, 공간의 변화를 주면 마음도 변화가 될 것 같아서. 그러나 진짜 중요한 것은 공간이 아니라 자기 마음의 움직임을 알아차리는 것이다. 긴장과 이완은 상태처럼 보이지만 실상은 마음의 움직임이다. 따라서 적당한 때에 균형을 잡아주면 삶이 편안하다.

여기서 나는 에리히 프롬(Erich Fromm, 1900~1980)의 말을 떠올린다. 그는 『소유냐 존재냐』에서 이렇게 말했다.

"존재는 욕망이 없는 상태가 아니다. 그것은 욕망을 넘어서 사는 것이다."

에리히 프롬은 소유의 삶을 외부 대상에 끊임없이 의지하며 자신을 구성하려는 삶으로 보았다. 이 삶은 긴장의 연속이다. 우리는 무언가를 성취하고 갖기 위해 쉼 없이 긴장한다. 비어 있는 순간을 견디지 못한다.

그러나 존재의 삶은 다르다. 존재는 그 무엇을 갖지 않아도 자기를 느낄 수 있는 상태, 긴장을 해도 거기에 붙잡히지 않는 자유다.

그는 또 『자유로부터의 도피』에서 말한다. 여기서 자유는 물리적 자유를 말한다.

"자유를 얻어도 자기 존재를 찾지 못하면 스스로 구속을 선택한다."

물리적 자유를 얻어도 내면의 중심을 세우지 못하면. 우리는 스스로 또 다른 긴장과 구속을 만든다. 진정한 자유는 긴장과 이완을 오가면서도 중심을 잃지 않는 능력이다. 흔들리되 넘어지지 않는 마음의 균형, 즉 흔들리며 피는 꽃처럼. 그것이 자유다.

삶은 긴장과 이완의 진자처럼 흔들리며 가는 것이다. 그러나 그 흔들림이 단지 무의식적인 반응이 아니라 스스로의 자각 속에서 일어난다면 우리는 단순한 흔들리는 진자가 아니다. 흔들리지만 중심을 잃지 않으면 그것이 균형이다.

그러나 현실적으로는 삶은 맥락을 알아차리는 것이 중요하다. 진리

(자유)라는 것은 어디 따로 있는 것이 아니라 삶의 맥락 속에 언제나 자리 잡고 있으니 자기 삶을 찬찬히 들여다보면 보일 것이다. 자기 삶을 타자의 눈으로 바라보지 말고, 자기 자신으로 살아내는 것이 필요하다.

결국은 마음이 고요하면 끝과 끝을 오가는, 긴장과 이완을 오가는 그런 삶으로부터 좀 더 자유로워질 것이다.

끝과 끝을 오가며
살 수는 없다.

하루의 평온함이 하루의 꿈이라면
삶을 제대로 살아냈다고 할 수는 없다.

하늘과 산과,
아무도 없는 길을 지키는 나무,
어지러이 흩어져 있는 풍경이 주는
고요가 한 순간의 행복이지 않기를 바라본다.

내일이면
다시 사람들의 세상으로 돌아간다.
그 시간에서,
그 시간의 꽃을 피우는 것이
살아가는 자의 성스러움일 것이다.

혼란 속에서도 고요를 품어내고
평온 안에서도 혼란을 받아낼 수 있는
그 마음을 그려본다.

끝과 끝을 오가는 시간을
떠올려본 오늘,
그것으로 하루가 족하다.

비움과 안목

인생은 무엇인가? 삶이 무엇이라 생각하는가? 세상을 살아온 시간 만큼만 다르게 보이는 것이 삶이다. 타고난 선각자는 삶 전부를 다 알 수 있을지 모르겠으나 보통 사람은 살아온 시간만큼만 다르게 보인다. 길게 살아보면 챙겨야 할 것보다 놓아야 할 것이 더 많은 것을 알게 되지만, 그것이 좀처럼 마음대로 되지 않는다. 그래서 옛날부터 혼란한 인생을 벗어나기 위해서는 마음을 비워야 한다고 했다. 비움과 관련된 수많은 책, 말 그리고 이야기가 있지만 일상적인 삶과는 거리가 있는 것처럼 느껴지고, 형이상학으로 치부하기 쉽다. 비움은 철학의 언어가 아니라, 살아내는 일의 언어여야 한다.

비움이 무엇인가? 하늘도 가득 차 있는데 무엇을 비워야 한다는 것인가? 구름이 떠 있고, 바람이 흐르고, 빛으로 가득 차 있고, 새들이 날고, 비도 내리고, 눈도 내리고, 먼지도 가득하고, 우리의 한숨으로도 가득한데 하늘을 어떻게 비울 수 있다는 것인지, 이해하기 어려운 내용일 것이다.

마음도 마찬가지다. 하루에도 오만 가지 생각이 떠오르는 것이 마음인데 그 마음이 비워질 수 있겠는가? 살아보면 한 마음 비워내는 것이 얼마나 어려운지 안다. 그것 참 이상하다. 생각 한번 돌리면 다른 생각일 텐데 그 생각이 안 돌려진다. 사람이 이 모양인데 마음의 비움은 애초에 불가능한 것이라는 생각을 해도 이상하지 않다.

그러나 비움은 '비어 있음이 아니라, 얽매이지 않음이다.' 생각하면 비움 가능성이 높아진다. 비움의 다른 이름이 무심이다. 무심은 마음 없음, 관심 없음이 아니라 마음에 두지 않는다는 뜻이니 매이지 않는 것과 같다. 따라서 우리 마음은 모든 것을 갖고서도 매이지 않으면 무심이고, 비움이다.

그러나 모든 것을 다 갖고는 비움이 되기 어렵다. 성인은 무심이어서 다 갖고도 아무것도 없는 것처럼 살 수 있다고 했지만, 그것은 성인이 된 다음의 얘기다. 그것을 기준으로 세상의 것들을 다 가지면서 무심이 되려고 하는 것은 오만이다.

비움이 먼저인 이유다. 비움이 되면 저절로 모든 것이 사라지기 때문에 때때로 찾아오는 것들에 매이지 않으면 된다.

밤하늘을 올려다보면 우주가 모든 별을 다 갖고 있는 것처럼 보이지만 우주는 본래 아무것도 갖지 않았다. 우주는 터전이지 틀이 아니다. 동네 놀이터가 아이에게 말 그대로 놀이터이지 노는 것을 제약하는 틀이 아니다. 놀이터에서 아이는 자연스럽고 자유다. 갖는 것은 잡아두는 것이다. 우주는 잡아두지 않고 놓아준다. 우주가 그러듯이 우리도 마음에 잡아두지 않으면 그 마음이 무심이 되고 허공이 되고 자유가 된다.

비움이 어려운 것이 아니다. 모른다는 것을 인정해야 한다. 비움이 되지 않는 이유가 있다. 조금 알고 있는 것으로 세상을 마음대로 할 수 있을 것 같은 착각을 하거나 조금 모른다고 너무 자기를 외면해서 그런 것이다. 조금 더 알고, 조금 더 모르고, 다 모르는 것이다. 모른다는 것을 인정하면 눈이 열린다. 그러면 앎을 넘어선 안목이 생긴다. 사람을 보는 안목, 자연을 보는 안목, 그 일 그 일을 보는 안목이 있어야 잘 살 수 있다.

안목은 논리가 아니다. 지식도 아니고, 경험도 아니다. 안목은 어느 하나로 생기는 것이 아니라, 논리와 지식과 경험을 넘어선 곳에서 창조되는 것이다. 그곳에선 마음에 걸리는 것이 없으니 편안하고 상상이 자유롭다. 일상에서 안목이 있다고 말하면 뭘 좀 볼 줄 아는 정도로 생각하지만, 진정한 안목은 예술이다. 마음이 비워져야 안목이 생긴다. 비움이 되어야 안목이 살아난다.

세상살이 힘들고 지칠 때가 많다. 진지하게 견뎌도 봤을 것이고, 때때로 포기도 했을 것이다. 미운 사람, 비겁한 사람, 공정하지 않은 결정들, 편협한 관점들, 분리된 정서, 이 모든 것이 삶을 지치게 하고, 이 혼탁의 시공에서 당장이라도 떠나고 싶을 때가 많을 것이다. 세상은 드러난 위선적 선과 숨겨진 악의 굴레처럼 보인다. 진실한 사람은 없는 것처럼 보인다.

그러나 세상은 자기의 투사다. 연극을 위한 무대처럼, 그 위의 배우처럼, 연극의 내용은 그것을 통한 삶의 이해일 뿐 그 무엇도 아니다. 서두르지 말고, 자기를 들여다보고, 두려움을 떨쳐내며 천천히 자기의 안목을 만들어가는 일, 그것이 비움의 길이다.

세상살이는
바람을 벗 삼아 흔들리며 가는 것이다.
바람뿐이겠는가?
세상의 모든 만물이 흔들리는 삶의 벗이다.

그 속을 알 수는 없어도
우리 앞에 다가서 있는 것을 어쩌겠는가?
밀어도 가지 않고
당겨도 오지 않고
자기 마음대로 오고 가는 것을 어찌하겠는가?
그 많은 상처를 다 받아내고 살 수는 없는 일이다.
올 때도 마음을 주지 않고
갈 때도 마음을 주지 않고
그저 바라보는 마음으로 대해야
삶의 긴 세월을 견딜 수 있는 것이다.

세상을 진지하게 살아봤으니
이제 그만 놓아도 된다.
세상살이 그렇게 심각할 필요 없다.
똥통에서도 웃는 사람이 있고
배부른 눈물도 있고
배고픈 웃음도 있는 것이 세상살이다.

아무 생각 없음이 아니라
모든 생각에 매이지 않는 것이 삶의 뿌리다.

그 뿌리여야 꽃이 핀다.
그 꽃이어야 색이 예쁘다.

그 뿌리여야 꽃이 핀다.
그 꽃이어야 색이 예쁘다.

어떻게 바라볼 것인가?

원효 대사의 해골 물 이야기는 이미 널리 알려져 있다. 원효가 당나라로 유학을 가던 중, 어느 날 밤 동굴에서 하룻밤을 묵게 되었다. 한밤중에 갈증을 느껴 어둠 속에서 물 한 그릇을 마시고는 물이 참 맛있다고 말하며 다시 잠이 든다. 아침이 되어 그 물이 해골에 고인 물이었다는 것을 알고 역겨워하며 토했다는 얘기다.

이 경험을 통해 원효는 모든 것은 마음에 달려 있다는 깨달음을 얻고 유학을 포기하고 되돌아온다. 많은 사람들은 이 이야기를 마음의 작용에 대한 상징으로 기억하지만, 나는 여기서 세상은 고정된 실체가 아니라 해석의 방식에 따라 달라질 수 있다는 사실을 생각해본다.

해석하는 세계, 해석한다는 것은 해석의 대상이 있다는 것인데, 그 대상은 어떤 사건 혹은 사람이다. 사람 혹은 사건이 있다는 사실도 중요하지만, 그 사실이 담고 있는 배경과 맥락에 대한 해석이 의미를 갖는 경우가 더 많다.

일상에서 경험하는 많은 일들을 보면 사실이 중요하기보다는 그것에 대한 관점 때문에 문제가 되는 경우가 많다. 어떻게 바라보고 있는가, 그것이 더 중요할 때가 많다. 그래서 오해도 생기고, 충돌도 생기고, 예기치 못한 방향으로 일이 전개되어 의도와 다르게 끝을 맺는 경우도 많다. 삶이 복잡하고 거추장스러울 때가 많은 이유일 것이다. 사실을 소홀히 하라는 것은 아니다. 사실은 그 자체로 있을 뿐이다.

하나의 예를 들어보면, 도둑이 담을 넘어 어느 집에 들어갔다고 해보자. 그 도둑이 경찰에 잡혀 와서 조사를 받는다. 남의 집 담을 넘어 들어갔으니 변명의 여지가 없을 것이다. 그러나 도둑이 담을 넘은 것은 맞지만 물건을 훔치려 한 것은 아니고, 목이 말라 물을 좀 달라고 문을 두드려도 응답이 없어서 몹시 갈급한 마음에 넘어갔다고 말한다. 이 경우 담을 넘은 것을 중점으로 해석하면 너무 명백하기 때문에 벌을 받는 것이 당연하지만, 목이 말라서 물을 마시기 위한 것이라는 점에 중점을 두면 사람이 먼저 살고 봐야지, 담을 넘는 것이 뭐가 그리 대수냐고 할 수도 있다.

또한 가장 많이 하는 해석 중 하나가 사람에 대한 평가다. 한 사람을 두고도 평가가 다르다. 누군가는 괜찮다고 얘기하고, 누군가는 별로라고 얘기한다. 각자의 기준으로 판단하는 것이다. 사회생활이라는 것이 서로를 평가하면서 사는 것이지만, 자기에게 잘하면 좋은 사람, 그렇지 않으면 나쁜 사람이다. 단순한 판단 기준이지만 미사여구로 표현되는 평가라도 이 기준을 벗어나는 것이 얼마나 될지 생각해보면 답이 쉽지 않다. 사람의 속마음을 알 길이 없으니, 평가의 화려한 낱말과 표현을 따르기는 하지만 많은 경우 진실은 다른 곳에 있는 것이 사회다.

이처럼 해석은 관계를 바꾸고, 결과를 바꾸며, 나아가 살아가는 세계를 바꾼다. 해석이 달라지면 판단도, 대응도 달라진다.

비트겐슈타인(Ludwig Wittgenstein, 1889~1951)은 언어의 의미는 그것이 쓰이는 방식에 있다고 말했다. 의미는 사전에 정의된 채 존재하지 않는다. 오히려 그것은 언어가 놓인 삶의 맥락, 우리가 속한 삶의 양식 속에서 움직이며 구성된다. 같은 말도 누가, 언제, 어떤 상황에서 말하느냐에 따라 전혀 다르게 들리는 이유가 여기에 있다. 결국 해석은 단순한 정보 처리나 판단이 아니라, 자신이 어떤 세계에 서 있는지를 드러내는 행위다. 비트겐슈타인은 말하길, 우리는 어떤 단어를 쓸 때 그것의 본질을 말하는 것이 아니라 그 단어를 어떻게 사용하는지를 통해 의미를 구성한다고 했다. 이것은 사실이라는 것이 독립적인 진실이 아니라, 해석의 틀 안에서만 의미를 갖는다는 점을 시사한다. 삶의 대부분은 객관적으로 드러난 사실보다 그것을 둘러싼 해석과 맥락에서 이해되는 것 같다.

사건이든, 사람이든, 주관이든, 객관이든, 원하든, 그렇지 않든 주어진 상황을 해석하는 것이 현실이고 그 해석의 다양성 속에서 살아가고 있다는 것이다. 주어진 상황을 해석하기 때문에 풍부해지는 경우도 많다. 해석이 다양해야 해석된 대상에 대한 다양한 평가와 생각을 할 수 있게 된다.

세계를 해석한다는 것은 다양성을 드러내는 과정이고, 삶을 풍부하고 합리적인 방향으로 유도하는 역할을 한다고 할 수 있다. 물론 인간의 탐욕이 말도 되지 않는 해석을 만들어내기도 하지만, 여기서 말하고자 하는 것은 그런 해석이 아닌 억지스럽지 않으면서 다수가 받아들일 수 있는 다양성의 수준에서 말하는 것이다. 사람도 고집불통하고는 관계를 맺기가 어렵듯이 고정된 관점은 세계를 편협하게 만든다.

해석이 세상을 움직이는 중요한 것이라 해도, 가장 중요한 것은 자신에 대한 해석이다. 그 해석이 각자의 삶의 방향을 결정한다. 자기 객관화를 하라는 의미가 아니다. 객관이든 주관이든 중요하지 않다. 자기가 무엇을 위해 살아가는지, 자기가 누구인지를 자기 사고와 행동에 근거하여 쉼 없이 해석하는 과정이 자기를 알아가는 과정이고, 궁극적으로는 자기의 성장을 이해할 수 있는 길이기도 하다. 깨달음이니 자유니 하는 형이상학적 화두를 말하는 것도 아니다. 그런 화두를 들고 노력하는 것도 필요할 것이고, 자기의 선택일 뿐이지만, 평범하고 소리는 없지만 자기에 대한 부단한 관찰과 해석, 그리고 변화를 위한 작은 행동만이 자기를 이해하는 가장 좋은 방법이 아닐까 생각해본다.

자기 이해가 쉽다는 것은 결코 아니다. 어떤 길이든 자기를 온전하게 알아간다는 것은 어렵다. 결코 쉬운 길이 아니지만 일상에서 조금씩이라도 그 길을 가보자는 의미다. 단순한 긍정, 밝은 해석이 아니라 자기의식에 근거하여 드러나는 자기와 관련된 모든 것을 인정하면서, 어둡든 밝든 자기를 명확하게 찾아보자는 의미다.

세계는 하나의 실체가 아니라, 우리가 해석하는 수만큼의 풍경이다. 그리고 그 중심에 '자기를 어떻게 해석하는가'라는 질문이 있고, 그 해석이 결국 자기 삶의 방향을 결정한다.

세계를 해석하는 힘은 삶을 풍부하게 하지만, 자기를 해석하는 힘은 자기를 바로 세운다.

당신의 해석이
세계에 대한 이해다.

본래 세상 풍경은 유동적인데
당신이 그 흐름을 고정시킨다.
당신 안에서 떠오르는 수많은 상상들이
그 개념 속으로 사라진다.

세계는
고정된 개념이 아니라
흐르는 해석으로 살아난다.
해석된 것만이 생명을 얻는다.

당신을 고정된 실체로 바라보면
죽은 것이다.

당신에 의해 해방된 당신만이
당신에게 돌아온다.

나는 나를 모른다

우리는 끊임없이 생각하며 살아간다. 일을 할 때도, 걷는 중에도, 심지어 잠들기 직전까지 머릿속은 가만있지를 않는다. '생각을 쉬어야겠다'는 다짐조차 결국 또 하나의 생각이 되어 돌아온다. 그러니 생각은 살아 있음의 증표 같기도 하다.

생각이 많을수록 마음은 산란해지고, 고요는 멀어진다. 불교 『법화경』에는 다섯 가지 탁한 세상, 오탁악세(五濁惡世)가 등장하는데, 그중 '번뇌탁(煩惱濁)'은 생각과 욕망으로 가득한 세상을 뜻한다. 부처란, 그 탁한 흐름에서 벗어난 사람이다. 우리는 부처의 씨앗은 갖고 있어도 부처가 되지 못했으니 생각이 많다는 것은 지극히 자연스러운 일이다.

생각을 여러 가지로 구분할 수 있겠지만, 크게 두 가지로 나눌 수 있을 것 같다. 하나는 의식적으로 조절하며 하는 생각이고, 다른 하나는 자기도 모르게 불쑥 떠오르는 생각이다. 즉, 무의식의 작용이다. 의식과 무의식을 두부 자르듯이 나누어 알 수 있는 것은 아니다. 의지와 무관하게 솟아오르는 것들 때문에 마음이 혼란스럽다. 그런 생각들이 자신의 행동을 지배할 때, 어느 순간, 자기 자신과 그 생각 사이의 경계를 잃게 된다.

우리는 생각을 한다고 한다. 그러나 생각은 하는 것이 아니라 대부분은 올라온다. 생각을 할 수 있는 경우는 자기가 자신의 주인이 되었을 때만 가능하다. 우리들 대부분은 자신을 온전하게 알지 못한다. 자기에게서 올라온 생각인데 그 생각의 꼬리를 물고 끌려가는 것이다.

자기 안에서 올라온 생각이 새로운 자기를 창조한다. 자기가 자기로부터 분리가 되는 것이다. 그 생각에서 출발하여 감정을 키우고, 더 큰 분리를 경험하게 된다. 이것은 고통의 연결 줄 같은 것이다. 이러한 상황을 끝내기 위해서는 먼저 '생각 멈춤'을 하는 것이고, 다음은 '객관화'하는 것이다.

생각을 멈추는 일이 쉽지 않다. 단순히 흐르는 물을 막으면 다른 곳으로 흐르는 것과 같이 생각을 멈추는 일은 매우 어렵다. 생각의 객관화는 더 어렵다. 그래서 우선은 멈춤이고, 그 다음이 객관화다.

생각을 멈추기 위해서는 올라오는 생각을 해석하지 않고 바라보는 것이다. 동시에 마음속으로 '모른다'고 한다. 내 실전 경험이기는 하지만, 효과가 있다.(다른 방법도 여러 가지가 있을 것이다.) 오래 해보면 멈춰진다. 멈춰졌다고 사라진 것은 아니다. 멈춤은 일시적 방편이다.

다음은 객관화다. 객관화는 생각을 멈추는 것으로는 안 되고, 생각과 분리되어야 한다. 머릿속에서 일어나는 것들을 자기 자신과 분리해서 보기란 하늘에서 바람을 분리하는 것만큼이나 모호하다.

그럼에도 다행인 것은 생각과 자기를 분리해보려는 시도가 오래전부터 있었다. 수행과 명상, 호흡과 걷기, 글쓰기와 관찰 등 여러 가지가 있다. 이러한 방법들이 지향하는 바는 그 과정을 통해서 생각과 자기를 그 자체로 분리하려는 것이 아니라—그것은 불가능하다—, 생각이 자연스럽게 흘러가는 통로를 만들어주는 것이다. 하늘이 바람을 하늘에게서 분리하지 않고, 바람 길을 열어 흐르게 하는 것과 같다. 그래서 하늘에는 바람이 있지만 보이지 않는 것이다.

생각이 흘러가는 통로라는 것이 무엇인지 애매하다. 때로는 정의 내리는 것보다 예를 드는 것이 낫기도 하다.

예를 들어보자. 밤늦게 혼자 집에 돌아와 소파에 앉았을 때, 문득 '외롭다'는 생각이 올라온다. 불도 켜지 않은 채, 그 생각을 붙잡고 있으면, 세상이 나를 밀어낸 듯한 감정이 퍼진다. 그 외로움은 이내 쓸쓸함이 되고, 슬픔으로 번지며, 왜 나는 이렇게 살고 있을까라는 식의 자기비하로 이어진다. 결국 그날 밤은 이유도 모른 채 그 감정에 잠식되어 흘러간다.

그런데 그 생각의 흐름을 따라가지 않는다면 어떻게 될까? '외롭다'는 생각이 올라왔을 때, 그것을 따라가지 않고 가만히 바라보기만 한다. 해석하지 않고, 분석하지 않고 바라만 본다. 앞에서 언급한 멈추기 위한 바라봄도 같은 것이지만 그 멈춤이 '판단 중지'를 위한 것이라면, 생각의 통로를 위한 바라봄은 바라봄이 깊어져서 그 생각이, 그 감정이 자기 것이 아님을 이해하는 과정이라 이해하면 된다. 이 연습은 꾸준히 해야 한다. 그야말로 멈추지 않고 해야 하는 것이다. 그렇게 하면 그 감정은 여전히 자기 안에 있었지만 그 감정이 곧 자기가 아니라는 사실을 처음으로 알아차리는 순간이 온다.

이렇듯 생각으로부터 자기를 분리하는 경험을 하게 된다면, 삶이 달라질 것이다. 무언가 떠오르면 이유를 찾기보다는 '지금, 내 안에 이런 감정이 있구나' 하고 가만히 바라본다. 그 감정이 내 의지로 조절되지 않는다는 것을 인정하고, 그래서 억지로 이해하려 들지 않고, 그저 인정하고 놓아보는 연습을 하는 것이다.

물론 외부 환경은 감정의 방아쇠가 될 수 있다. 하지만 결국 감정을 키우는 건 나다. 똑같은 상황에서도 누군가는 웃고, 누군가는 무너진다. 다른 것은 오직 사람뿐이다. 감정은 삶이 아니라, 삶을 바라보는 방식에서 만들어진다.

우리는 감정이 올라올 때, 해석하고 설명하고 정리하려 한다. 지극히 인간적인 일이다. 하지만 대부분의 해석은 나를 해방시키기보다, 더 복잡한 감정의 그물로 이끈다. 특히 혼란스러운 상태에서의 해석은 거의 예외 없이 나를 더 얽어맨다. 그럴 때는 멈춰야 한다. 아무것도 하지 말고, 단지 느끼기만 한다. 그 감정이 어디서 왔는지, 왜 그런지 묻지 않고, 이 감정은 지금 여기 있다는 사실만 받아들인다. 실제로 모르기 때문이다.

떠오른 생각을 따라가지 않으면 생각은 자연스레 사라진다. 사라진 자리엔 고요가 찾아오고, 고요한 마음은 나와 나를 둘러싼 세계를 분명히 가르기 시작한다.

그제야 비로소 생각은 나를 끌고 가는 짐이 아니라, 내가 선택해서 사용할 수 있는 도구가 된다.

올라온 생각은
휘몰아치는 바람이 아니라
굴곡의 대지를 스쳐가는 거친 숨이다.

자기와 분리된 생각은
스스로 오는 것이 아니라
자신의 메아리를 따라오는 것이다.

육근(六根)으로 잡아챈 찰나는
손아귀를 벗어난 바람같이 사라지고
찰나의 생각을 잡아서
스스로 12연기의 바퀴를 돌리니
자기의 고통은 자신으로부터 온다.

생각을 놓아야, 내가 보인다.
내가 보여야, 나를 알 수 있다.

지혜로운 사람이 먼저다

"너 자신을 알라." 소크라테스의 말로 널리 알려진 이 문장은, 앎에 대한 성찰을 시작할 때 가장 먼저 떠오르는 표현이다. 내가 이 말을 직접 소크라테스의 저작에서 확인한 것은 아니지만, 그가 했든 하지 않았든, 이 문장이 '앎'이라는 개념을 다룰 때 가장 대표적으로 인용되는 것은 분명하다. 우리는 스스로 아는 것이 많다고 생각하지만, 실제로 경험이나 공부를 통해 얻은 지식은 매우 제한적이다. 대부분의 경우 타인의 말, 책, 뉴스, 교육을 통해 간접적으로 전달된 내용을 받아들이며, 그러한 지식들이 진실인지 아닌지를 스스로 검토해보는 경우는 드물다.

우리가 어떤 정보나 상황을 대할 때 가장 중요한 것은 그 내용 자체보다 그것을 받아들이는 우리의 태도이다. 내가 생각하는 바람직한 태도는 비판적 접근과 맥락적 이해, 그리고 무엇보다도 모르는 것에 대한 존중과 건강한 의심이다. 이런 태도가 없다면 앎은 곧 착각이 되고, 착각은 고집이 되며, 고집은 관계를 어긋나게 만든다.

실제 현실에서는 이해하기 어려운 일이 자주 벌어진다. 자신은 잘 모르면서, 오히려 알고 있는 사람에게 자신을 이해시키라고 강요하는 일이 있다. 말이 안 되는 것 같지만, 이는 실제로 심심치 않게 벌어지는 일이다.

특히 권력 관계 속에서는 더 자주 목격된다. 권력을 가진 사람만이 문제가 되는 것이 아니다. 그 곁에 있는 사람들조차 스스로를 권력자처럼 여기며, 전문가에게 설명을 요구하고, 때로는 억지를 부리며 판단을 강요한다. 그들의 입장에서 보면, 자신이 이해되지 않는 것을 보고하려니 답답하게 느껴질 수도 있다.

그러나 실제로 필요한 것은 단순하다. 모르는 것을 인정하고, 알고 있는 사람의 설명을 존중하며, 필요하면 전문가의 판단을 구하는 것이다. 그렇게만 해도 대부분의 문제는 소란스럽지 않게 풀릴 수 있다. 특히 전문 분야는 단기간에 이해할 수 있는 영역이 아니므로, 겸손한 태도와 존중의 자세는 더욱 필수적이다.

오늘날 우리는 정보 과잉의 시대에 살고 있다. 사실이 아닌 소문, 편향된 해석, 왜곡된 사실들이 넘쳐나며 진실처럼 흘러 다닌다. 이럴수록 사실관계와 맥락을 확인하고, 다양한 관점에서 접근하는 태도가 중요하다. 많은 경우, 사람들은 깊이 있는 확인 없이 정보를 사실로 받아들이고, 그에 기반한 주장을 펼친다. 무비판적 수용은 잘못된 믿음을 낳고, 그 믿음은 사회 안에서 불필요한 갈등과 왜곡을 만들어낸다. 비판적이지 않은 태도가 반복되면, 결국은 문제를 해결하기보다 문제를 확대 재생산하는 구조가 형성된다.

여기에 더해 비판과 비난을 구분하지 못하는 문화도 존재한다. 비판은 어떤 안이나 주장에 대한 논리적 검토이며, 대안의 가능성을 포함한 의견 중심의 접근이다. 반면, 비난은 그 의견을 제시한 사람 자체에 집중하는 감정적 반응이다. 비판은 내용에 주목하지만, 비난은 사람에 머문다.

우리는 오랫동안 비판하는 훈련을 받지 못했다. 토론보다 수용을, 질문보다 침묵을 더 많이 강요받은 교육과 문화 속에서 자라왔기에, 다양한 의견을 존중하고 표현하는 데 익숙하지 않다. 특히 관계 중심적인 사회일수록 말하기는 더욱 조심스러운 일이 되고, 그 결과 회의 자리에서는 껍데기만 돌며 본질에는 도달하지 못하는 일이 반복된다.

이런 현상의 근저에는 개념에 대한 이해 부족, 배경지식의 결핍, 표면적 이해에 머무는 인식의 한계가 있다. 조직 문화의 구조적인 문제도 무시할 수 없지만, 앎이라는 관점에서 보면 결국은 개인의 태도와 준비가 문제다.

나는 '지자본위(智者本位)'라는 원리를 중요하게 생각한다. 지자본위는 지혜로운 사람, 혹은 최소한 그 분야의 지식을 갖춘 사람을 중심에 두어야 한다는 태도다. 일상의 일들도 마찬가지다. 청소는 청소 전문가에게, 수리는 수리 전문가에게, 분석은 분석 전문가에게 맡기고 그들의 판단을 존중하는 것, 그것이 지자본위의 실천이다. 그런 구조가 자리 잡으면 불필요한 감정은 줄어들고, 편견도 사라지며, 일은 원리에 따라 자연스럽게 풀리게 된다.

지자본위는 공부에서 출발한다. 공부는 지식을 얻는 것 이상으로, 삶을 깊이 이해하는 태도를 만든다. 단순한 지식 습득에서부터 마음공부—이 용어는 일반적으로 사용하는 것이라 와 닿지 않을 수 있다. 그러나 자기의 마음을 살펴보는 것으로 이해하면 될 듯하다—에 이르기까지, 어떤 분야든 집중하다 보면 지혜는 서서히 따라온다. 그런데 우리는 종종 공부하지 않으면서 모든 것을 알기를 바란다. 손 하나 까딱하지 않고 나무에서 감이 떨어지기를 바라는 마음과 같다. 어리석은 태도다.

안타깝게도 공부하지 않고, 존중하지도 않으며, 그에 대한 부끄러움조차 느끼지 못하는 사람도 많다. 염치가 없는 사람은 고쳐 쓰기 어렵다. 이 말은 사람을 단정하라는 말이 아니라, 우리가 스스로를 경계하라는 뜻일 것이다.

사람은 누구나 부족하다. 부족함을 자각하는 것은 지혜요, 그 부족함을 모르는 것은 부끄러움이다. 결국 지혜와 부끄러움은 한 생각 차이이며, 그 차이가 삶의 깊이를 가른다. 우리는 많은 것을 알고 있다고 착각하지만, 넓은 우주의 관점에서 보면 우리가 아는 것은 극히 일부에 불과하다. 자신을 안다고 말할 수 있는 사람도, 존재로서의 자신을 이해하는 데까지는 평생이 걸린다.
우리가 일상에서 가져야 할 마음은 겸손함이며, 세상과 타인에 대한 감사와 존중이다.

힘과 명예가 주어지는 위치에 서게 되면, 이 마음은 쉽게 무뎌지고, 주변도 함께 흐려지기 쉽다. 그래서 우리는 늘 경계해야 한다.

'지혜', '지자본위', '겸손', '감사', '존중'—이 모든 단어에 공통적으로 필요한 것이 있다. 정성이다. 한결같은 마음으로 해야 되는 것들이다. 지혜를 말하고 싶었는데, 정성에 이른다. 세상을 살면서 한결같이 무엇

을 하기란 쉽지 않기에, 그것이 어떤 지점에 이르는 일에 걸림돌이 되
는 경우를 알기 때문에 자연스럽게 정성으로 마무리 짓고 싶었던 거 같
다. 정성이면 안 되는 일이 없다. 지혜도 얻는다.

하루를 시작하는 일,
정성이 필요한 일이다.

거리로 나서고,
사람을 만나고,
대화를 나누고,
웃으며 헤어지는 일.
정성 없이는 어려운 일이다.

잘 보내는 시간이 무엇인지 생각해볼 일이다.
정성을 들이지 않고서
그 시간을 잘 보내기 어렵기 때문이다.

정성은 단어가 아니라 마음이다.
그 마음은 다짐이 아니라 진심이다.
그 진심은 진지함이 아니라 자연스러움이다.
그 자연스러움은 편안함이다.

하루를 마치고 돌아서는 일, 정성이 필요한 일이다.
마지막 한 순간의 호흡이
지나온 시간과 맞이할 시간의 연결이다.
정성은 시작과 끝을 나누지 않는다.

한 생을 지내는 일
하루를 정성으로 보내는 일과 다르지 않다.
시간을 길이로 구분하지 말아야
본질이 보인다.

삶은 현재를 살아야 한다

우리는 '시작'과 '끝'에 익숙하다. 태어나고 죽고, 입학하고 졸업하고, 입사하고 퇴사하고, 만나고 헤어지고. 삶은 늘 시간의 일 방향과 함께 움직인다. 일상의 모든 일에는 시작이 있고, 그 시작은 언젠가 끝을 맞는다. 그 익숙함 속에서 우리는 자연스럽게 시간은 흐른다는 사실을 받아들인다.

'끝'은 많은 여운을 남긴다. 끝은 말 그대로 끝이라는 생각 때문일 것이다. 어떤 일이 마무리되고 나면 방향을 잃기도 하고, 마음 한구석이 텅 비는 듯한 감각이 밀려온다. 학창 시절처럼 정해진 경로를 따라가는 삶에서는 그런 고민이 덜하지만, 사회에 나와 자기 삶의 방향을 스스로 정해야 할 때, '끝'은 때때로 막막함을 남긴다. 특히 요즘처럼 변화가 빠른 세상에서는 그 막막함이 더욱 크다.

문득 언어를 배울 때 익혔던 시제가 떠오른다. 과거, 현재, 미래 그리고 진행형. 나는 이유는 알 수 없지만 언제나 진행형 문장이 편했다. 생각해보면, 아마도 그것이 삶의 본질을 닮았기 때문일 것이다.

삶은 진행형이다. 과거도 아니고 미래도 아닌, 지금 이 순간에 존재한다. 우리는 과거를 추억하고, 미래를 상상하지만, 경험할 수 있는 유일한 시간은 현재뿐이다. 지금, 이 찰나, 그것만이 우리가 정말로 만지고, 느끼고, 살아낼 수 있는 시간이다.

물론 말은 쉽지만 현실은 녹록지 않다. 하루하루가 벅차고, 피로가 쌓인다. 진행형이니 뭐니 하는 철학적 관념보다 그저 오늘이 빨리 지나갔으면 하는 마음이 앞서기 쉽다. 쉬고 싶고, 잊고 싶고, 그냥 멍하니 있고 싶을 때도 많다.

하지만 그렇기에 더더욱 현재에 집중하는 연습이 필요하다. 삶은 지나간 기억이 아니라 지금, 이 순간에 살아 있음이다. 문제가 생겼을 때 그것의 원인은 과거에 있을지 모르지만, 문제를 풀 수 있는 열쇠는 언제나 현재에 있다. 과거는 저장된 기억일 뿐이다.

컴퓨터도 입력된 파일을 바탕으로 일을 처리하는 건 항상 지금이다. 우리는 늘 현재에서 문제를 풀고, 관계를 맺고, 선택을 내리며 살아간다.

이 글은 시간을 철학적으로 정의하려는 시도가 아니다. 시간이 환영이라는 말도, 영원이라는 개념도 중요할지 모르지만 지금, 우리에게 가장 절실한 건 지금 이 순간의 진실한 몰입이다. 과거를 기억하고, 미래를 상상하되, 삶의 중심은 언제나 현재에 있어야 한다.

아이들이 노는 모습을 떠올려보자. 그들은 지금 이 순간에 완전히 몰입한다. 시간도, 피로도 잊고 논다. 아이들에게 중요한 건 노는 그 순간, 그 공간이다. 그 시간 자체와 함께 뛰놀고, 그 공간 안에서 자유로이 흐른다. 그런 아이들을 보며 어른들은 종종 부러움을 느낀다.

그러나 아이들만 그런 몰입이 가능한 건 아니다. 어른이 되었다고 해서 몰입의 능력을 잃은 건 아니다. 잃은 건 단지 '지금'에 머무는 마음의 습관일 뿐이다.

삶은 멈추지 않는다. 현재라는 강을 흐를 뿐이다. 과거는 기억이기에 그 기억에 삶의 어깨를 기대지 말았으면 한다. 지금, 이 순간이 아프고 불안하다는 것, 안다. 그래서 자꾸 고개를 뒤로 돌리고 싶은 마음도 이해한다. 하지만 해답은 언제나 현재에 있다.

지금 이 글을 읽는 당신, 당신은 여전히 피어나는 중이다. 완성된 존재가 아니라, 진행형의 존재로 살아가고 있다. 그 사실 하나만으로도 충분히 아름답다.

삶은 과거의 기억도, 미래의 기대도 아닌, 지금 이 순간을 살아내는 당신의 움직임이다.

이 아침,
창문으로 들어온 빛은 온화하고
그 빛의 파동이 퍼지며
당신의 얼굴에 미소를 남긴다.

당신의 존재는
기억과 상상 속의 빛이 아니라
이 순간에 드러나는 빛이다.

존재의 여백은
사바세계의 진흙 속에서도
침묵으로 피어나는 꽃이다.

의식의 나선형

평지에서 산을 바라보는 것과 산에서 내려다보는 것은 차이가 있다. 의식과 마음이 성장하는 것이 이와 비슷하다. 의식과 마음은 계단식으로 성장하지 않는다. 결과적으로 보고, 그 순간만을 보면 계단식으로 성장하는 것처럼 보일 수 있다. 실제는 꺾이지 않는 마음으로 지난한 시간을 견디는 것으로 이루는 성장이다.

우리는 본질적으로 불완전하다. 세상은 상대 유한하다. 이러한 조건에서 자기 내면의 한계를 인식하고 넘어서려는 지향성을 놓지 않고 견디면 어느덧 성장한 모습을 보게 된다. 성장은 결과가 아니라 과정이다. 과정의 결들을 지나서 어느 지점에 올라설 때, 그 전과의 차이를 통하여 보이는 것이 성장이다.

살다 보면, 자기가 하고 싶은 일을 방해하는 상황이나 사람이 있게 된다. 이유를 알 수는 없지만 사면이 막혀서 나아가지 못하게 하는 상황이다. 그 환경이 원망스럽고, 사람이 밉다. 자기 마음속에 그 마음이 솟아오르는 것을 인정해야 한다. 자기 마음이 불편한데, 이유도 모르는

데, 그냥 괜찮다고 넘어갈 일은 아니다. 그렇게 넘어가면 상처가 되고 병이 된다. 인정할 것은 인정해야 한다. 이러한 상황에서 해야 할 일은 그 원망과 미움이 자기 안에 있더라도, 그것만을 보는 것이 아니라, 그것을 대하는 자기의 태도와 그 감정을 넘어서려는 지향성을 잃지 않고 유지하는 것이다.

의식은 올라선 만큼 다르게 보인다. 다른 사람의 의식 수준과 자기 의식을 비교할 필요가 없다. 자연이 그렇듯 차이는 저절로 드러나는 것이다. 드러나는, 드러날 차이를 의식적으로 요구하거나, 인정받으려 할 필요가 없다. 이것이 무념이다.

무념은 수용에서 시작하여 비움이 되는 지점에서 된다. 무념은 내적인 인내로 절대로 되지 않는다. 무엇을 하든 참는 것은, 견디는 것은 자기 안에 가두고 있는 것이다. 참는 시간 동안, 견디는 시간 동안 당신은 그 인내를 통해서 그 가둠의 틀을 무너뜨리는 일을 해야 하는 것이다. 틀을 무너뜨리고 또 무너뜨리면, 어느 순간 그 틀을 넘어선 당신을 발견하게 될 것이다. 이것이 의식의 성장이다. 무념이 더 많이 되면 더 많이 성장한 것이다. 그러나 무념이 생각이나 감정이 없음이 아니다. 생각과 감정의 진폭은 줄었지만 생각과 감정은 있다. 동시에 더 사랑하고, 더 감사하는 상태가 된다. 그렇게 되는 이유는 자기가 비워져서 그렇다.

이처럼 의식의 성장은 만만치 않다. 많이 힘들다. 그렇지만 그대로 있으면 아무 일도 일어나지 않는 것이 아니라 당신이 멈춰서 있는 그 지점에서 모든 일이 일어나고, 그 일들의 해결은 되지 않고 당신 주위를 맴돌 것이다. 의식의 성장을 위해 애를 써야 하는 이유다. 앞서 말했 듯이 의식은 계단식으로 성장하지 않는다. 땅의 새싹이 올라오듯 한 뼘

한 뼘 올라간다. 그 올라옴을 거시적으로 보면 나선형을 그리며 성장하
는 것이다. 의식만 그렇지 않고, 우리의 삶이 다 그렇다. 갑자기 좋아지
는 것은 없다. 그런 것이 있다면, 당신은 행운을 맞이한 것이 아니라 시
험에 들어간 것이다. 유념하면 좋다.

푸르디푸른 소나무에 둘러싸인
수미산 정상의 고요 속에

간간이 이곳저곳의
인간의 소리는
부처의 진중함에 미소를 준다.

푸른 하늘에
바람 따라 흩뿌려진 하얀 구름은
어느 가을 오후의 따가운 햇살을 돌려
여유로운 풍경의 배경이 된다.

속세의 번거로움,
단 몇 분의 호흡으로 잦아들지는 않겠지만
대웅전 안의 부처와
대웅전 밖의 빛과 사람과 바람의 위로를 받는다.

삶이야 어떻게 되겠지만,
떠나온 고향이 풍경 속에 그립다.

2
일상에 스며든 마음의 풍경

일상 속의 사유, 인간과 관계의 온도를 담다

일상의 감각,
길가에 피고 지는 야생화,
아이들의 소리,
그리고
스쳐간 사람들의 미소.
평범한 하루가 내 마음의 온도를 바꾼다.

감각한다는 것은

어제 일찍 잠자리에 들다 보니, 새벽에 일찍 눈을 떴다. 새벽 2시다. 나이가 들면서 내 의지와 관계없이 하루에 5시간 이상 자는 경우가 많지 않다. 어릴 적, 어른들이 새벽에 돌아다니는 소리를 이제서야 이해하게 된다. 시간이 지나면 자연스럽게 알게 되는 것도 많다.

샤워하고 오랜만에 명상을 했다. 명상이 습관처럼 자연스러울 때가 있었는데 오랫동안 게으름을 피웠더니 오랜만에 앉는 모습이 어색하다. 방석에 앉아 눈을 감는다. 몸의 반응을 느낀다. 어깨도 굳어 있고, 몸 곳곳이 자연스럽지 않다. 얼굴의 양 턱 부분도 이유는 알 수 없지만 굳어 있다. 한 시간의 명상을 마치고 일어나 침대에 누웠다. 편안하다. 얼굴의 긴장도 풀려 있다. 이 과정을 통해 내 몸의 감각과 그 감각을 받아들이는 내면의 변화를 느끼게 된다.

감각을 통하여 세상을 경험한다. 외적인 느낌은 감각이고, 내적인 느낌은 감정이다. 육체적 감각이 우리 삶에 미치는 영향은 크다. 감각이 깨어 있다고 말할 때, 그 감각은 어떤 의미인지 생각을 해본다. 단순히 육체적으로 민감하다, 혹은 잘 느낀다는 의미는 아닐 것이다. 감각이 깨어 있다는 것은 감각이 젊다는 것으로 표현하기도 한다. 감각은 감각이지 젊거나 늙었다고 할 수 있는 것인지 이해하기 어렵다.

그러나 감각을 단순히 외적 자극에 대한 느낌이 아니라, 그 감각을 수용하고 그에 대한 반응이 권태롭거나, 나태하거나, 무료한 느낌이 없고, 밝고, 역동적이고, 새롭다는 것을 '젊다'고 말하는 것일 것이다. 감각이 깨어 있어야 가능하다.

사람은 무엇이든 익숙해지면 느려지기 쉽다. 느려지면 나태해지고, 나태해지면 둔해지고, 둔해지면, 감각적인 반응에 활력이 떨어지고, 그렇게 되면 삶에 재미가 없어진다. 감각 때문에 삶의 재미까지 없겠냐고 반문할 수도 있지만, 이 재미는 육체적 감각 그 자체는 중요한 요소가 아니다. 감각을 대하는 태도의 문제다.

나이와 관계없이 감각적 반응은 젊은 게 좋다. 젊은 감각은 자기와 주변을 싱그럽게 만들기 때문에 긍정의 분위기를 만들 뿐만 아니라 스스로도 그 깨어 있는 감각으로 자신의 환경과 내면을 관찰하여 변화시킬 수 있다.

감각과 욕망 그 자체는 문제가 없다. 배고파서 밥을 먹는 것이 무슨 잘못이 있겠는가? 좋은 음악에 귀가 끌리는 것이 무슨 문제가 있겠는가? 사랑하는 사람과 같이 있고 싶은 마음에 무슨 문제가 있겠는가? 욕망과 감각은 그 자체로 아무 문제없다. 그러나 경험하는 많은 상황이 감각과 욕망에 따라 에너지 소모를 과도하게 하여 삶을 피로하게 한다. 감각은 탐닉하는 것이 문제고, 욕망을 자제하지 않는 것이 문제다. 감각에 의한 욕망, 욕망에 의한 감각. 이 둘의 조합은 인간 고통의 근원은 아닐까?

당신의 감각이 깨어 있으면 잃어버린 많은 것을 찾을 수 있다. 감각은 마음이다. 감각은 감각이고, 마음은 마음이지 어떻게 감각이 마음이냐고 반문할 수 있다. 무엇이든 그냥 보면 잘 보이지 않고, 잘 느끼지 못한다. 조용히 지켜보면 마음이 움직이는 것이 보이고 그럴 때 감각이 살아난다. 감각은 경험이다.

일상이 지루하고, 무료하고, 단순하다. 재미가 없다. 우리 주변의 모든 것은 각자의 흐름이 있다. 아무렇게나 흩어져 있는 것 같지만 자기의 흐름을 따라가고 있는데 우리가 느끼지 못할 뿐이다. 그 감각을 회복할 수 있으면 다시 활력을 찾을 수 있다.

그 감각은 외부 대상에 대한 단순한 느낌이 아니다. 손가락 끝의 감각이 살아 있다면 손가락을 잊을 수 있을 만큼 가볍다. 우리 몸의 감각이 다 그렇다. 몸의 감각은 언제나 내 마음과 같이 움직인다. 마음과 몸의 하나 된 경험은 시간과 정성이 필요하다. 하나 된 경험은 논리가 아니고, 언어도 아니다. 체험을 통한 이해일 수밖에 없기에 시간과 정성이 필요하다는 것이다. 감각이 살아나면, 마음이 살아난다. 마음이 살아나면 감각이 살아난다.

우리가 수행이라고 하는 것을 하는 이유는 감각과 욕망을 잊기 위해서가 아니라, 감각과 욕망을 없애기 위해서가 아니라, 그것들로부터 자유로워지기 위한 것이다.

세상살이 무엇이든 자연스러운 것이 좋다. 금욕이 필요할 때가 있다. 그러나 그때에도 이해가 먼저다. 왜 금욕하는지를 알아야 제대로 금욕이 된다. 금욕이 억압이 되면 안 된다. 누른 것은 반드시 다시 올라온다. 금욕은 자연스러운 감각을 누르는 것이다. 쉬지 않고 올라오는 자극을 견디기 어렵고, 그렇게 되면 수행이 고행이 된다. 고행으로 크게 얻기는 어렵다.

감각은 눌러서 해결되는 것이 아니라 감각을 인정하고 그 작용을 관찰하는 것에서 시작해서 마음대로 할 수 있는 자유가 되어야 해결이 된다.

감각을 즐겨라, 바라보고 멈춰라. 그러면 감각의 존재 이유가 보인다.

감각은
세상에 대한 경험의 시작.

육체적 감각이 마음을 자극하고
마음이 육체를 깨우니
육체와 마음은 서로에 의지하며 존재하네.

모든 익숙함으로

영혼의 감각마저 둔해진다면
남아 있는 것은 권태뿐.

감각은
단순히 자극에 대한 느낌이 아니라
깨어 있으려는 의지이고
살아가기 위한 외침이네.

감각,
느끼고, 즐기고, 고요하라.
존재의 진동을 느낄 것이니.

가족

삶은 이야기다. 살아 있는 이야기는 기능이나 논리가 아니라, 삶의 결이 담긴 것이다. 소설, 시, 연극, 사진, 그림 모두 삶의 풍경을 담아내는 것이지 풍경 그 자체를 보여주는 것은 아니다. 삶이 빠진 풍경은 이야기가 되지 않는다. 다양한 삶의 풍경 중에서 가족의 풍경은 누구에게나 아련함을 주는 것 같다.

가족은 그리움의 이야기다. 요즘은 잘 쓰지 않지만, 예전에는 가족을 '식구'라 불렀다. 함께 밥을 먹는 사람들. 그것이 가족이었다. 먹고 사는 일이 고되던 시절, 밥을 같이 나누는 사이라는 말에는 따뜻한 정서가 담겨 있었다. 하루의 이야기를 나누며 웃고 울고, 밖에서 맺힌 감정을 풀어내는 그 시간, 편안함이었다.

이제는 '식구'라는 말이 낯설다. 함께 밥을 먹는 시간이 줄어든 탓일지도 모른다. 바쁜 생활이 '식구'라는 단어를 밀어내고, '가족'이라는 단어만 남겼다. 그렇다고 가족의 이야기가 사라진 것은 아니다.

가족은 그리움이다. 어디에 있든 떠오르는 사람, 보고 있어도 더 함께 있고 싶은 사람, 그것이 가족이다.

부모는 자식이 늘 그립다. 자식은 부모가 늘 그립지 않더라도, 부모 곁의 편안함 속에 그 그리움을 대신 느끼며 자란다. 내리사랑은 그냥 생긴 말이 아니다. 아이가 걷는 것만 보아도 좋고, 먹는 것만 보아도 미소가 지어진다. 아이는 그 마음을 온전히 이해하지 못하다가 자라면서 알게 되고, 그렇게 어른이 된다. 그리고 부모가 된다.

부모의 부모, 자식의 자식. 그 이야기는 하나로 이어진다. 부모는 가슴에 기도를 담고 살고, 자식은 가슴에 사랑을 품고 자란다.

남편은 아내의 등을 쓰다듬으며 마음을 전하고, 아내는 무심코 지은 미소로 그 마음을 받는다. 그것이 부부다. 결혼이란 제도보다 부부는 서로를 품는 마음으로 살아가는 것이다. 그리고 아이를 바라보는 시선으로 서로를 응원한다. 부족한 사람이기에 때로는 다투고 흔들리더라도, 품으려는 마음만은 한결같다.

남편이, 아내가 어색하게 느껴진다면, 사랑이 식은 게 아니라 삶이 지쳐 있는 것이다.

자식 때문에 부부가 사는 게 아니라, 아빠와 엄마로서 서로를 지지하고 응원하며 함께 이야기를 써 내려가는 것이다. 가족은 남편에 대한 그리움, 아내에 대한 그리움, 아이들에 대한 그리움이 엮여 하나의 따뜻한 그리움이 되는 것이다. 그래서 가족은 편안해야 한다. 집은 다정함이 흘러야 한다.

자기 가족을 떠올려보면 좋겠다. 그 모습 속에서 자기 자신의 모습
도 함께 떠오를 것이다.

(그리고 문득 생각난 다른 이야기 하나.)

요즘 '가족 같은 회사'라는 말을 종종 듣는다. 하지만 회사가 정말
가족 같아지려면, 앞서 이야기한 조건들이 먼저 갖추어져야 한다. 현실
은 그렇기 어렵다. 가족은 이익 때문에 모이지 않지만, 회사는 이익을
중심으로 움직이는 사람들이 모인 곳이기 때문이다. 어쩔 수 없다는 생
각이 든다. 그래도 서로를 다독여줄 수 있다면, 그것만으로도 좋을 것
같다.

저만치 떨어져
아이를 바라보는 엄마와 아빠는
걱정 반, 기대 반.

저만치 떨어져
엄마와 아빠를 바라보는 아이는
두려움 반, 용기 반.

서로를 바라보며
서로를 향해 있는 마음은
엄마와 아빠와 아이에게 같다.

부모를 벗어나야 제대로 살 수 있고
아이를 떼어놔야 제대로 키우는 것을
아이는 일찌감치 알아채고
부모도 알기에 밀어낸다.

그 모든 이야기를 써가며
엄마는 아이를 위해 상을 차리고
아빠는 아이를 위해 터를 닦고
아이는 그 상과 터 위에서 커간다.

엄마와 아빠와 아이는
가족이다.
그리운 가족이다.

비워야 닿는다

늦은 아침, 커피를 사기 위해 카페에 들렀다. 집 근처에도 카페는 많이 있지만, 일부러 조금 떨어진 곳에 있는 카페로 갔다. 얼마 전 우연히 알게 된 곳으로 커피 맛이 좋아 종종 찾는 곳이다.

따뜻한 아메리카노와 카페라테를 주문하고 기다리면서 커피 기계에서 뽑아낸 진한 에스프레소를 물과 섞는 모습을 보았다. 여느 카페에서도 가끔 보게 되는 장면이지만, 그때는 새로운 느낌이 나를 자극했다. 신기하다는 느낌이었던 같다. 그 느낌을 느낀 것이 오히려 신기하기도 했다. 사람의 감정은 알 수 없는 때가 많은 거 같다.

물과 에스프레소가 섞여서 다른 맛의 커피를 만들어내는 것이 흥미로웠다. 진한 진액으로 떨어지는 에스프레소를 보니, 커피콩을 높은 열에서 가열하고 압착하여 짜내는 것을 상상하면서 무덤덤하던 내 마음에 움찔하는 느낌이 느껴졌다. 이유는 알 수 없지만, 커피 맛보다는 높은 열과 압력이 주는 그 힘에 대한 거부감이 있었나 보다.

그렇게 짜낸 에스프레소를 물과 함께 섞어서 커피가 만들어지면,

물맛과 에스프레소 맛이 아니라, 아메리카노라는 새로운 맛이 나는 것. 단순히 둘을 섞었다는 것이 아니라, 그 둘의 조합이 가져오는 조화에 생각이 닿았다. 사람이든, 사물이든 홀로 있을 때의 풍경, 느낌과 그 이상의 것들과 어울릴 때의 풍경은 다르다. 무엇이 그 다름을 만드는 것인지 궁금했다. 단순한 조합은 거의가 어색하다. 단순한데 어색하지 않은 것은 이해하긴 어렵지만 다른 것이 작용하고 있는 것이 분명하다. 자연스럽다는 말은 그러한 조합들이 서로를 밀어내지 않는 모습이 드러나는 것일 것이다.

사람과 사람, 물질과 물질, 사람과 물질, 사람과 자연, 자연과 자연. 세상의 모든 존재는 서로 섞이면서 흘러간다. 그중에서도 사람들은 어떤 모습으로 서로에게 다가서고 있는지 궁금하다.

한 생을 보내면서 진실한 친구 한 명을 만나기 어렵다고 한다. 친구만이 아니라, 모든 관계에서 진실한 모습을 발견하기란 쉬운 일이 아니다. 어쩌면 진실함을 찾으려 애쓰는 그 자체가 무의미할 수도 있다. 생각이 다르다고들 한다. 생각이 다르면, 공감하기 어려운 경우도 많고, 현실적으로 많은 상황이 그런 모습을 띤다.

그러나 생각해보면, 생각이 달라서 공감을 못하는 것보다는 욕심 때문에 그러는 경우가 더 많다. 생각이 다른 것과 욕심은 구분할 수 있다. 생각이 다른 것은 객관화가 된다. 그런데 욕심 때문인 것은 그것이 안 된다. 생각이 다른 것과 욕심이 있는 것이 섞여서 움직이는 경우가 대부분이어서 무엇 때문에 서로 다가서지 못하는지 알기 어렵다. 그렇지만, 상황마다 다 이유가 있을 것이고, 그때의 이해 당사자들 각자는 자기 마음을 읽고 있을 것이다. 객관화가 되지 않아서 모를 수도 있겠다.

욕심은 마음이 자기로 채워져 있는 것이다. 자기가 얼마만큼 차지하는지에 따라 욕심의 크기는 다를 것이다. 욕심의 크기만 다른 것이 아니라, 다가서는 거리도 다를 것이다.

자기로 가득 찬 마음은 다른 사람과 섞이기 어렵다. 물이 가득 찬 그릇에 다른 물을 부을 수 없는 것과 다르지 않다. 뭐든 가득 찬 것은 다른 것을 받아 줄 여유가 없다. 자연의 원리다. 가득 찬 것이 무엇인지 모른다는 것이 더 문제일 것이다. 욕심, 이기심, 배려, 여유, 사랑 등, 우리가 알고 있는 단어들은 많지만 사회적 소통을 위한 개념적 이해일 뿐, 그 단어들이 지향하는 본질을 알고 있는 사람은 드문 것이 우리 사회다. 자기 욕심이 얼마나 많은 지 본인이 알기 어렵다. 주변에서 얘기해주면 거부감이 일어난다. 진실한 친구, 진실한 관계를 만들기 어려운 이유일 것이고, 필요한 이유이기도 할 것이다.

다가서기 위해서는 비워야 한다. 다른 것들끼리 섞이기 위해서는 여유가 있어야 한다. 비움과 여유는 같은 것이다. 비어 있는 사람은 여유가 있다. 가득 찬 사람은 섞이기 어렵다. 다른 누군가와 섞이고 싶다면 자기의 어느 부분은 조금이라도 비워야 한다. 자기 것은 비우지 않으면서, 상대가 비우기를 바라는 것이 세상의 인심이다. 세상이 팍팍한 이유일 것이다.

세상일과 자기 일이 별개가 아니다. 내가 열리면 세상이 열리는 것이고, 내가 닫히면 세상은 닫히는 것이다. 세상이 열리기를 기다리지 말고, 자기를 비워서 세상을 받아줄 수 있는 마음의 공간을 만들면 세상이 저절로 자기에게 들어온다.

　세상은 그것이 무엇이든 비워야 서로 맞닿을 수 있다. 커피에서 시작해 사람의 마음까지 이른 것이 억지는 아닐 것이다. 우리의 마음에는 서로에게 맞닿고 싶은 생각이 있다. 잘 안 된다고 포기하지 말고, 조금씩 비워가는 연습을 하면, 길지 않은 시간 후에 서로의 손은 맞잡고 같이 갈 수 있지 않을까 생각해본다. 세상이 그렇게 되기를 바란다. 세상이 있어 내가 있는 것이 아니고 내가 있어서 세상이 있는 것이다. 자연은 본래 비어 있다. 사람이 채우는 것이다. 이제 우리도 비우며 지내보면 좋겠다.

길가에
말없이 피고 지는 야생화는
우리가 모르는 시간에
밤의 별빛과 낮의 햇빛을 다 담아내고
지나가는 바람마저도 품어내서
그 꽃을 피웠으니
그 색이 그리도 고운 것이다.

흩어져 있어도 예쁘고
무리지어 있어도 아름답다.
바라보면
고요함이 느껴지고

평온함이 드러나서
편안하다.

거칠게 버텨낸 그 시간은
사람의 수행만큼이나 간절했을 터이니
그렇게 피어 한 계절 보내고
떠나는 너는
너무도 나에게 그리움을 주는구나.

너의 오고 감만큼이나
나의 삶의 시간도 그려지는구나.

아이, 그 순수한 영혼

세상은 모순투성이다. 논리적이지도 공정하지도 않으며, 모든 것이 뒤죽박죽이다. 뒤엉킨 현실 속에서 우리는 늘 자기 몫의 고단함을 끌어안고 산다. 타인의 아픔을 헤아릴 여유조차 없이, 자신을 먼저 생각하는 것이 너무도 당연하게 여겨진다. 자기는 늘 힘들다. 타인의 힘듦을 생각할 여유가 없다. 자기를 우선 생각하는 일, 매우 당연한 것처럼 생각된다.

그러나 인간은 홀로 살아가는 존재가 아니다. 우리는 공동체 속에서 존재하고, 그 공동체는 단순한 생존의 장이 아니라 서로를 배우고 비추는 공간이다. 감각적인 반응은 본능일지 모르지만, 인간은 감각을 넘어 영혼으로 살아가는 존재다.

태어나서 처음으로 마주하는 공동체는 가족이다. 가족은 단순한 집단이 아니라, 하나의 존재처럼 연결된 사랑의 결합체다. 부모와 아이는 서로를 품으며 살아간다. 부모는 자식을 품고, 자식은 부모의 따뜻함을 가슴에 담아 자란다. 그 품 안에 깃든 정이란, 어떤 말로도, 어떤 행동으로도 끊어낼 수 없는 끈이다. 가슴에 서로를 품고 담아서 살아가는 존재가 어떻게 서로를 멀리할 수 있겠는가?

아이는 잘못이 없다. 모두가 부모의 잘못이다. 이 말에 화를 낼 부모도 있을 것이다. 자식이 얼마나 속을 썩이는데 그런 말을 하느냐고 항변할지도 모른다. 충분히 공감이 가는 항변이다. 자식이 속을 썩이고, 내 마음대로 안 되고, 그 때문에 부모도 아프고 힘들다는 것은 사실이다. 그 사실을 부정하지 않을 뿐만 아니라 공감한다. 그러나 자식을 향한 많은 문제는, 부모가 자신을 들여다보아야 하는 지점에서 시작되는 경우가 많다.

세상은 논리와 사실만으로 설명되지 않는다. 자식도 마찬가지다. 논리와 사실로만 보면, 아이는 잘못이 많다. 혼나야 한다. 혼나는 것이 무엇인지 아는가? 정신을 들게 하는 것이다. 잘못하면 정신이 들게 하고, 잘못을 알게 해야 한다. 그래서 혼내는 것이다. 그러나 아무리 혼내도 바뀌지 않는 아이의 모습에서 우리는 본질적인 질문을 던져야 한다. 그 아이는 정말 문제일까, 아니면 내가 아이를 이해하지 못하는 것일까?

갓 태어난 아이를 떠올려보라. 그 평온한 얼굴, 미소 짓는 표정 앞에서 부모의 마음은 감동으로 가득 찼다. 그 감정은 시간 때문이 아니라, 존재 때문이었다. 아이가 자라면서 겪게 되는 거대한 혼란을 부모들은 이해하지 못한다. 어른들은 그럴 마음의 여유가 없다. 자기도 살아야 하고, 자기 아이도 살려야 한다. 그러려면 자기가 그랬던 것처럼 아이가 살아야 된다고 생각한다. 이 지점이 또 다른 생각을 해야 하는 지점이다.

아이는 부모처럼 살 수 없다. 아이는 그 아이답게 살아야 한다. 부모는 아이를 낳았지만, 마음까지 낳은 것은 아니다. 아이와 부모는 이 세상에서 만날 때, 서로의 약속으로 만난 것이다. 이 약속은 사회적 약속이 아니라, 존재 깊은 곳에서 맺어진 약속이다. 아이는 사랑받으면 좋아한다. 부모가 사랑하는데 아이가 좋아하지 않으면 그 사랑은 잘못됐을 가능성이 크다. 사랑 자체가 잘못됐다는 것이 아니라 표현하는 방법이, 접근하는 방법이 문제일 수 있다. 자기가 아이였을 때의 느낌을 떠올려보면 알 수 있다.

우리는 종종 서운하다. 아이에게, 배우자에게, 부모에게, 형제에게. 그 서운함의 근원은 이해받지 못했다는 감정이며, 그것은 사랑이 논리로 받아들여질 수 없는 이유다.

사람은 자기 문제를 이해하지 못하는 경우가 많다. 자기 객관화가 되지 않기 때문이다. 관심이 외부 대상에 쏠려 있기 때문이다. 우리는 대상을 향한 집착과 상처 속에서 자기 내면을 바라보지 못한다. 그럴 때 필요한 건, 잠시 삶의 자리에서 벗어나 조용한 공간에서 자신을 바라보는 시간이다. 단순한 휴식이 아니라, 마음을 머무르게 하는 연습이다. 수행이 거창한 것이 아니다. 단지 관심을 자기에게 돌리는 일, 그것이 시작이고 끝이다.

아이는 인정받으며 성장하는 것이다. 아이에게는 인정이 곧 사랑이다. 아이는 존재이기 때문이다. 존재는 언제나 독립적이고, 자발적이며, 그것이 영혼의 속성이다. 소유하거나 지배하려 들면, 그 존재는 닫힌다. 아이가 성장하며 정신적으로 독립하는 시기를 맞이할 때, 부모는 육체만이 아니라 영혼의 독립을 이해해야 한다.

부모 역시 그렇게 자랐어야 했다. 하지만 대개 그러지 못했고, 그 아픔을 잊은 채 다시 자기 아이에게 상처를 주게 된다. 우리는 서로의 소유가 아니다. 교과서적인 이론이 아니라, 삶 속에서 확인되는 사실이다. 인정이 곧 사랑이다. 인상 쓰면 쓰는 대로, 웃으면 웃는 대로 바라봐 주는 것. 그것이 부모가 할 수 있는 가장 큰 사랑이다.

아이는 마음에 송곳이 없다. 부모의 마음에는 송곳이 있다. 자기 투사로 아이를 보지 않는 일, 쉽지 않은 일이지만 부모는 그렇게 해야 한다. 부모가 되었다고 어른이 된 것은 아니다. 어른은 '얼(정신)'이 큰 사람이다. 사회에 진정한 어른을 보기 어려운 이유이기도 하다.

자기 투사로 아이와의 관계가 힘들다면 아이에 대한 관심을 자기에 대한 관심으로 돌려야 한다. 그리고 끊임없이 아이를 놔주는 연습, 즉 자기 마음을 놓는 연습을 해야 한다. 쉽지 않지만, 꼭 필요한 길이다. 사람은 누구나 공간과 습관에서 벗어나는 데 두려움을 느낀다. 그러나 그 불안을 견디고 변화하려는 인내 속에서 어른이 된다.

시간이 걸린다. 아이는 쉽게 부모를 인정하지 않는다. 십 년이 걸릴 수도 있다. 하지만 그 시간 동안 아이의 마음은 따뜻하게 변해간다. 겉모습은 똑같이 보일지라도, 그 안은 다르다. 계속 톡톡 쏘아도 느낌이 다르다. 다만 오랜 시간의 어색함이 남아 있을 수 있지만, 부모 역시 변했기에 아이를 품을 마음의 여백이 생긴다.

사랑은 경계가 없다. 사랑의 바탕에서 가르치면 자연스럽다. 사랑이 없이 가르치면 거칠고 어색하다. 이 글에 여전히 동의하지 않는 부모도 많겠지만, 아이의 겉을 보지 말고 자기의 내면을 보는 것이 중요한 것은 사실이다. 그것 말고 부모와 아이 사이를 줄일 수 있는 길은 없다. 그래서 자식을 키우는 일이 수행이다. 현실과 분리된 수행은 힘이 없다. 허무하다. 부모인 당신이 놓으면 아이가 살아나고, 당신도 살아난다.

부모 노릇하기 어렵다. 아이로 살기도 어렵다. 그래서 서로를 품어야 같이 사는 것이다. 서로 너무도 사랑하지 않는가?

아이는 이 세상에 그냥 오지 않는다.
오래된 약속을 지키기 위해
삶의 긴 여정의 발을 내딛은 것이다.

부모와 아이는
간극이 없는 믿음으로 서로를 찾는 존재다.

부모는
아이의 부족함으로 자신을 발견하게 되고,
아이는
부모의 사랑을 가슴으로 담아서 피어나게 된다.

아이는 피어나는 꽃이다.
기다림으로,

꽃망울을 터트리려는 그 순간까지의 기다림으로
아이를 지켜본다.

꽃은 피고,
향기가 주변에 퍼지고,
당신이 꽃이 될 것이다.

당신과 아이는
사랑으로 서로를 품어야 하는
영생의 동반자다.

어른이 되어가는 길 위의 시간

시작은 언제나 생각이 많다.
방향을 정하기도 어렵다.
정해진 방향도 알 수 없는 건 마찬가지다.

이 세상의 빛을 보았을 때
그 아이는 안도의 한숨을 내쉬며
동시에 미지의 시공에 대한 불안을 마주한다.

어쩌겠는가,
아이는 아무것도 할 수 없다.

그 아이는 환희와 절망을
동시에 경험하는 탐험가가 된다.

두 발로 땅을 느끼고

두 손으로 세상을 더듬는다.
모든 것이 낯설고
모든 것이 궁금하다.

의문투성이의 세계를 어떻게 받아들여야 할까?
그 아이는 이미 철학을 시작한 것이다.

세상은 그 아이의 철학을 허락하지 않는다.
사색할 시간을 주지 않는다.
아이의 사색은 언제나 절망을 경험하는 시간일 뿐이다.
그렇게 시간은 흐르고 공간은 변한다.
누구인지도 모른 채 아이는 자란다.

어른이 되어가는 길 위에서
그 아이는 고독한 철학자가 된 것이다.

주변은 여전히 가득하지만,
아이의 마음은 점점 허전해진다.
고독할 땐 내면으로 더 들어가면 되었는데
외로울 땐 그 무엇도 기댈 것이 없다.
논리를 아무리 펼쳐봐도 세상이 보이지 않는다.
모든 것이 위선인 세계가 그 아이를 두렵게 할 뿐이다.

긴장을 느끼게 된 아이,
그 긴장이 아이를 아프게 한다.

그 아이는
삶의 저항자가 된다.

삶의 시간이 쌓이면서
그는 스스로를 인식하는 자가 된다.
그러나 인식된 자기와 미지의 자기를 동시에 느낀다.
삶의 부자연스러움의 이유를 이해하기 시작한다.

그 안에 아직 이름 붙일 수 없는
분리된 자아가 꿈틀거린다.

안다, 분명한 앎이다.
그 단절이, 그 분리가
세상과 그 아이를 나누고 있다는 것을.
자기 아픔은 더 이상 우연이 아니다.

그 아이는 수행자가 된다.

욕망에서 벗어나려 애쓴다.
어리석은 줄 알면서도
힘껏 자기를 욕망 밖으로 밀어낸다.
욕망은 노력으로 벗어날 수 있는 것이 아닐지도 모른다.
모든 것을 다 받아들일 수 없지만
모든 것의 원리는 이해하려 한다.

그때 자유의 의미를 서서히 알게 된다.

여전히 자유롭지는 않지만
자유를 이해한 그 아이는 새로운 시작을 한다.

인생에는 두 번의 시작이 있다.
한 번은 육체가 태어나는 것이고,
다른 한 번은 정신의 부활이다.

완전한 삶은 없다.
오직 그것을 향한
끊임없는 길 위의 시간만이 있을 뿐이다.

그 아이는 수행하는 철학자가 된다.

여전히 세상에 발을 딛고 자유를 꿈꾸는 그 아이는
오늘도 스스로를 품는다.

스스로를 품는 자는 넘어가는 자이다.
넘어간 자만이 돌아오는 자인 것이다.

그 아이의 내면은 더 깊어진다.
모든 시간과 기억을 함장(含藏)한 그곳으로 더 내려가는 것이다.
그곳은 미지이다. 여전히 암흑이다.
그러나 이제는 두려워하지 않는다.

스스로를 품은 자이기 때문이다.
내면에서 그가 품은 자유를 느끼는 자이기 때문이다.

그 아이는
더 고독한 시간을 보내며
기다리는 자이다.

이제, 생각과 말의 시간은 지나갔다.
필요한 것은 침묵이다.
생각으로는 어떤 것도 창조되지 않는다.
침묵 속에 모든 것이 태어난다.

그 아이는 더는 울지 않는다.
더는 대문 밖을 바라보며
엄마를 기다리지 않는다.

그 아이는 고요한 나무가 되었다.
우주의 시간을 느끼는 나무가 되었다.

고요한 적멸의 시간을 기다린다.

그 아이는
세상의 소란으로부터
떠나는 자이다.

딸과 함께하는 출근길

나에게는 딸이 둘 있다. 둘 다 성인이 되었으니 흔히 말하는 '다 키웠다'는 말이 어울릴 수 있겠다. 하지만 부모에게는 자식을 다 키웠다는 말이 어색하고 와 닿지 않는다. 마마보이처럼 옆에 끼고 있어야 한다거나, 아이가 독립심이 없게 부모가 챙겨줘야 한다는 의미가 아니다. 그저 부모의 입장에서 늘 마음이 가는 것—닿아 있는 것—이 자식이라는 말이다. 자식들은 잘 모르지만, 세상 모든 부모들의 마음은 다 그럴 것이다.

부모와 자식은 티격태격해도 벽이 없다. 마음 사이에 간격이 없다. 부모 입장에서는 돌아서면 그리운 것이 자식이다. 자식은 그렇지 않겠지만, 속마음이야 다르지 않을 것이다. 자식도 그 속마음에 깊은 사랑을 품고 있다. 그 사랑을 키워서 자기가 부모가 되었을 때, 자식에게 하는 것이다.

큰 아이는 직장인이 되어 매일 아침 출근하느라 고생이다. 직장이 과천에 있어 집에서 운전해서 가기엔 꽤 먼 거리다. 대중교통을 이용하면 되지만 한참을 돌아가야 해서 시간이 많이 걸린다. 입사 초기에는 회사 생활도 낯설고, 출퇴근도 힘들어 몸과 마음이 많이 지쳐 보였다. 지금은 직장 생활 삼 년 차가 되어 잘 적응해 다니고 있어 다행이다.

나는 직장 생활을 35년 정도 했으니, 회사가 어떻게 돌아가는지 너무 잘 안다. 직장마다 조금씩은 다르겠지만, 기본적으로 '경쟁'을 하는 곳이다. 사회 전체가 그렇기도 하지만, 학교를 졸업하고 직장에 첫발을 내딛으면 그 낯선 환경에 긴장하기 마련이다. 그런 시각으로 아이를 지켜보고 있으니 마음이 더 짠하다.

그런데 내가 잘못 알고 있었다. 아이는 경쟁 때문에 힘든 것이 아니라 그저 낯선 환경과 사람 때문에 힘들어하고 있었다. 큰아이 직장은 장애인을 가르치고 돌보는 일을 하는 곳이라서 사람들 간에 경쟁보다는 아이들을 돌보는 그 자체가 몸을 많이 사용해야 하는 일이고, 학부모들과의 관계도 유념해야 하다 보니 육체적으로, 정신적으로 많이 힘들었던 것 같다.

장애 아이들도 이해가 가고, 그 부모들의 마음이야 나도 자식을 키워본 사람으로 너무도 이해가 되었지만 내 딸의 힘든 모습을 보는 것이 무척 안타까웠다. 자식을 키우면서 나도 많이 배우고, 다듬어졌다. 성장이라 말할 수 있을 것이다. 그렇지만, 다 키운 자식을 세상에 내보내고 보니, 거기서도 또 배우게 된다. 서로간의 배려가 얼마나 중요한지를 말이다.

사람은 자기중심적일 수밖에 없다. 당연하기도 하다. 자기 손에 박힌 가시가 가장 아프다. 더 큰 상처의 타인을 보면 안타까운 마음은 들겠지만, 내 아픔이 아닌 것은 어쩔 수 없다. 그럼에도 서로 도우려 애쓰는 마음은 있다.

그것이 배려다. 우리가 서로를 '배려'하는 것은 자기가 편하자고 하는 것만은 아닐 것이다. 배려는 마음을 나누는 것이다. 마음을 나눴을 때의 기쁨과 감사가 있다. 그 마음이 우리들의 속에 있어서 그 마음이 드러나는 것이 배려다. 그러나 직장뿐만 아니라, 사회생활에서 진정한 배려를 경험하기는 정말 쉽지 않다.

아이 직장에서 만나는 장애 아이들, 학부모들, 동료들 그리고 여러 사람들이 있는데, 그 환경의 특수성이 있겠지만, 모두들 기본적으로 마음 바탕이 고운 것 같다. 하지만 거기도 사람 사는 세상이니 여러 일들이 있을 것이다. 아마도 일반적인 직장보다 더 힘든 일이 있을 수도 있을 것이다. 그럴수록 서로를 더 배려해 주면 좋겠다는 생각을 한다. 아빠로서 자식 걱정을 하게 되는 것은 당연하지만, 배려를 떠올리는 나를 보면서 내 마음이 상대의 마음이 되려면 진실해야 되겠다는 생각을 하게 된다. 그러면서 내가 지내온 직장에서 나는 어떻게 했었는지 돌아보게 된다. 병아리 직장인인 아이를 통해서 또 배운다.

딸과 함께 출근하는 그 시간은 내게 즐거움이었다. 초보 직장인으로 이제 조금씩 알아가는 중이니 어려움도 많을 것이다. 그 모든 것을 스스로 해쳐 나가야 하는 것이니 응원할 뿐이다. 마음 한구석이 짠하지만 내색하지 않고 지켜본다.

지하철역까지 가는 짧은 시간 동안 별 말없이 가기도 하고, 조곤조곤 자기 얘기를 하기도 한다. 나는 그 말을 들어주고, 아이는 그 말을 하면서 편안해지는 것 같다. 자기 삶이니 당연히 자기가 알아서 해야 하는 것이지만, 학교와는 너무도 다른 사회에 들어서서 조금씩 자기를 만들어가는 것을 보면 대견하다.

역에 내려주고 서로 손을 흔들어주고 "사랑해"라고 말하는 그 순간엔 편안함이 흐른다. 출근길 지하철역 주변은 늘 복잡하고 분주해서 빠르게 손을 흔들며 말해야 하지만 그 짧은 인사에도 마음이 담긴다. 역에 내려서 걸어가는 딸을 차창 밖으로 곁눈질해서 보면 여러 마음이 스쳐 가지만, 그중에서도 아이의 예쁜 마음이 가장 먼저 달린다. 그래서 늘 내 얼굴엔 미소가 번진다.

우리 딸은 예쁘다.
아빠가 깨울 때까지 잠을 잔다.
방문을 열고 불을 켜고 일어날 시간임을 말한다.
그 찰나 찰나에 마음은 아이에게 향한다.
아이가 침대에서 부스스하게 일어난다.
귀엽고 예쁘다.

딸아이가 준비하는 동안 책을 읽는다.
아이가 내 옆에 다가와 발톱을 깎는다.
아내가 아이와 대화를 나눈다. 뭔가를 챙겨주는 소리다.
이 아침 작은 거실의 소리가 정겹다.

문을 나선다.
엘리베이터를 타고 내려가는 동안 침묵이 흐른다.
평온하다.

차를 타고 도로를 달린다.
10여 분의 짧은 시간이지만 고요하다.
아이에게 말한다.
오늘도 깊은 호흡과 편안한 마음을 갖거라.

아직은 병아리 직장인으로 힘든 시간을 보내고 있을 아이에게
아빠는 울타리일 뿐이지만
시간이 아이를 어른이 되게 할 것이다.

아이가 차에서 내려 지하철역으로 간다.
예쁘다.

인간관계

수많은 관계 속에서 살아가는 우리는 아이러니하게도 늘 고독을 느낀다. 이 모순된 현실은 삶이 던지는 숙제처럼 우리를 어리둥절하게 만든다. 많은 사람들 속에서 자기 하나를 지키기 위해 애쓰는 모습을 보면 마음이 무거워지고, 여러 생각이 떠오른다. 모든 삶을 설명할 수도, 이해할 수도 없기에 말로는 무엇 하나 온전하게 드러낼 수는 없다.

그런 사회에서 '위로'는 살아가기 위한 최소한의 방편일 수도 있겠다. 위로조차 받지 못한 사람들이 점점 늘어나고 있는 것 같다. 스스로 이겨내면 좋겠지만, 그렇지 못한 것도 현실이다. 그래서 위로가 필요하다. 그 위로마저 받지 못해 자신을 버리는 사람이 많아졌다. 그 삶을 탓할 것이 아니라 그 삶의 터전인 우리 사회에게 책임을 물어야 한다.

관계를 이야기하려 하니, 현실의 무거운 감상이 먼저 떠올라 글의 시작이 무거워졌다. 물론 관계가 항상 무거운 것만은 아니다. 좋은 관계, 명랑한 관계도 얼마든지 있지만, 관계를 형성하는 과정은 쉽지 않다.

어떤 관계가 좋은 관계일까? 흔히 '불가원 불가근(不可遠 不可近)'이라 말한다. 가깝지도 멀지도 않은 관계. 균형도 조화도 아닌 상처받지 않을 거리를 유지하는 관계라는 느낌이 강하다. 처세에 필요한 표현이기도 해서 나는 이 표현을 좋아하지 않는다.

무엇이 '가깝지도 않고, 멀지도 않은' 것일까? 생각할수록 답이 없는 질문이지만 그래도 한 번쯤 짚고 넘어가면 속이 좀 시원해질 것 같다. 사실은 나도 잘 모른다. 인생을 길게 살아도 관계는 여전히 어렵다. 관계가 어려운 이유를 알아야 어떻게 하면 조화롭게 지낼 수 있을지를 이해할 수 있을 것이다.

내 생각에는 관계가 어려운 이유는 기대가 있어서 그렇다. 기대가 아니라 관심이 있다면 덜 어렵지 않을까? 기대는 상대가 나에게 더 관심을 가졌으면 하는 기대, 내가 상대보다 좀 나은 위치에서 만났으면 하는 기대, 내가 주도권을 좀 더 가졌으면 하는 기대 등, 상대에 대한 관심과 배려보다는 나의 이익이 우선하는 관계다. 그래서 관계가 쉽게 풀리지 않는 것이다.

먼저 다가선다는 것은 자신을 낮추는 것이다. 영어의 'Understanding'은 상대를 받쳐준다는 뉘앙스의 단어이다. 진정한 이해는 상대의 입장에서 바라보는 것이다. 여기서 '낮춘다'는 의미, 상대편에서 '받쳐준다'는 의미는 겉과 속이 같은 진심이 전제되어야 한다. 겉으로 웃지만, 속에는 다른 생각을 하는 경우는 그 전제가 잘못되었기 때문에 'Understanding'이 아니라 속이는 'Cheating'인 것이다.

논어에서도 '교언영색(巧言令色) 선의인(鮮矣仁)'이라는 내용이 있는데,

말을 번지르르하고, 얼굴빛을 꾸미는 사람치고 어진 이가 드물다는 뜻
이다. 이것이 겉과 속이 다른 것을 말하는 것이다.

동서고금을 막론하고 진실한 사람은 신뢰가 있고 그런 사람과의 관
계는 깔끔하게 할 수 있다. 그러나 진실한 사람보다는 교언영색하는
사람이 더 잘되고, 겉과 속이 다른 것이 바른 처세라고 말하는 현실이
니 세상 살면서 많이 헷갈릴 것이다. 짧게 보면 교언영색이 바른 것 같
지만 길게 보면 표리(表裏)가 같은 것이 좋다.

또한 관계가 좋다는 것이 많은 사람을 안다는 것이 아니다. 많은 사
람과 관계가 많으면 사회적으로 성공한 것 같지만, 시간이 지나면 허전
함만 남는 경우가 많다. 관계는 인연을 맺은 사람이 적어도 진실한 것
이 좋다. 경조사에 사람이 덜 오면 어떤가? 자기를 사회적 기준에 맞추
지 않으면 편안한 경우가 많다.

처음으로 돌아가서 생각을 정리하면, 가깝지도 멀지도 않은 관계보
다는 진실한 관계가 좋고, 많은 사람과 관계를 맺는 것보다는 진실한
사람과의 관계가 좋다. 사람 사이의 관계는 항상 양보다는 질이다. 세상
살아가는 동안에 가슴으로 만나는 사람 몇 명 있으면 그것으로 충분
하다.

사람의 속은
멀리 있다고 멀리 보이고,
가까이 있다고 가까이 보이는 것은 아닙니다.

멀리서도 가까이 보이는 속이 있고
가까이서도 멀리 보이는 속이 있습니다.

서로의 속은
알려고 알아지는 것이 아닙니다.
스스로 열어주면
저절로 보여지는 것이 사람입니다.

스스로 열릴 때까지 오래 기다려야 합니다.
그렇게 만나야 친구가 됩니다.

감사 생활

아침에 일어나 거울을 보면서, 새로운 날에 나를 다시 볼 수 있음에 감사하다는 생각이 저절로 떠올랐다. 아팠던 것도 아니고, 삶에 무슨 회한이 있었던 것도 아닌 매우 일상적인 아침이었는데 왜 그런 생각을 하게 됐는지는 알 수 없다. 사람의 시간에는 무엇이든 때가 있기 마련인데 세상의 일에 우연은 없다는 믿음이 있다. 감사를 더 내면화할 때가 되었는지도 모른다.

감사 생활. 감사하는 생활이다. '생활이 다 그렇지, 뭐 감사까지 하면서 살 일인가'라고 할 수도 있다. 틀린 말도 아니다. 일상은 그날이 그날 같고, 쳇바퀴 돌듯이 돌아가는데 다른 생각을 하기란 여간해서 쉽지가 않다. 그런데 그냥 잘 생활하는 것도 아니고, 감사하는 생활이라니, 마음속에서 작은 저항이 있을 수도 있다.

감사하는 생활. 막연한 주제다. 명제도 아니다. 명제는 참과 거짓을 구분할 수 있는 것이어야 하는데, '감사'는 상대적으로 느끼는 감정이기에 참과 거짓을 구분할 수 없다. 자기에게 좋고 나쁨은 구분할 수 있을 것이다. 뭐든 이분법적으로 나누어 보면 일은 쉽고 편하다. 그래서 내 편, 네 편, 편을 가르고 사는 것이 일반적인 상황인지도 모른다. 이분법은 나누어진 그 둘을 제외한 모든 방향을 닫는다. 쉽고 편하긴 한데 답답하다. 답답할 뿐만 아니라, 편안한 마음도 실제로는 어색한 마음이다.

일상이 그렇고 그렇더라도, 마음을 좀 내서 감사하는 생활을 하려면, 무엇을 해야 하는지 생각하면, 우선은 자기 자신에 대한 만족이 있어야 한다. '자신에 대한 만족이 자기 존재에 대한 사랑이니 뭐니 하는 거대한 담론 말고, 스스로 이만하면 괜찮지 하는 소소한 마음이다. 그 마음이 자신에게 들어오려면, 다른 사람과의 '비교'를 멈추는 것에서 시작해야 할 것 같다. 꼭 이 경우가 아니더라도, 많이 들어본 말 중에 '멈추면 보인다'는 것이 있듯이, 세상일은 멈추면 저절로 되는 일도 많은 것 같다. 욕망이 멈추지 않는 상태로 살고 있기 때문에 자연스럽게 멈추면 뭐든 다르게 보이는 것일 거다.

우리는 무심코 살아가는 시간이 많다. '무심코'라는 것은 생각 없다는 의미는 아니다. 생각과 자신이 하나가 되어 있어서 구분이 되지 않는다. 그것이 일상적인 '무심코'가 아닌가 생각한다.

'비교'는 마음속에서 무심코 가장 많이 드러나는 감정일 것이다. 아마도 아기 때 이후에는 '비교'가 삶을 규정하는 감정의 전부라고 해도 무리는 아닐 것이다.

우리는 '비교' 이전의 '존재'이다. 그것을 잊고, 에고로 떠오른 다른 사람과의 차이를 끊임없이 판단하면서 좀 더 나아 보이려는 욕망은 사람들을 지치게 한다. 자신만 지치게 하는 것이 아니라, 타인도 힘들게 하는 것이 비교다.

비교는 의미 없는 감정 놀이다. 근본적으로 존재 그 자체를 제외하고 나면, 자신과 남은 같은 것이 없다. 생김새, 성격, 장점, 단점, 재능 등. 대부분의 것들이 다르다. 다르면 다르게 살아가는 것이 합리적이다. 그런데 사회가 줄을 세우고, 권력질을 하고, 우월감을 누리고 싶은 마음으로 가득 차다 보니, 비교는 삶의 동력이자, 고통이 되었고 자신과 그 생각을 구분하지 못하는 것에까지 이른 것이다.

자신과 생각이 하나가 아니라는 것을 알면 세상살이가 한결 나을 수도 있을 것이다.

그 사람이 아니고서 그 사람을 알 수 없다. 너무도 당연한 말이다. 살아가면서 스스로 놓치는 것도 많지만, 타인에 대한 판단을 할 때, 그 사람의 입장에서 하지 않는 경우가 많은 것이 현실이다. 모든 것이 내가 먼저다. 감정도 내 감정이 먼저다. 다른 사람의 고통을 내 고통처럼 느끼려면 그 사람이 아니고서는 제대로 알 수 없지만, 고통도 사회화되었다. 그래서 그 사람이 아니고도 그 사람의 감정을 알고 있는 것처럼 행동한다. 그것이 또 다른 상처를 만든다.

자기를 사랑하고, 자기에게 만족하고, 타인과의 비교를 멈추고, 다른 사람의 입장에 서보는 것이 감사 생활의 시작이다.

감사 생활은 어렵지 않다. 감사 생활을 하면 감사 생활로 되받는다. 애쓰는 편안함이 아니라, 저절로 편안해진다. 자기만 편안해지는 것이 아니라, 주변이 편안해진다.

이렇게 생각을 하면, 어려운 것은 오히려 감사하지 않은 생활이 될
듯하다

일어나는 많은 일들,
삶이 취하는 많은 모습들은
본래 한 순간의 꿈에 지나지 않는다.

모든 것은
무척 중요한 것처럼 가장하고 왔다가
당신이 알아차리기도 전에 가버린다.

유일하게 진정한 기쁨은
비교와 소유와 성취와 타인에게서 오지 않는다.

그것은 당신의 내면 의식에서 발산되는 것이다.
오직, 당신만이 당신의 희망이 되는 길이기 때문이다.

생활 속의 명상

천천히 방석을 펴고, 가볍게 몸을 풀고, 방석 위에 앉아 심호흡을 한 번 하고 눈을 감는다. 아랫배 단전에 마음을 모으고 호흡한다. 숫자를 세면서 호흡을 어느 정도 하고 나면, 호흡을 자연스럽고 가볍게 하면서 마음을 모으고, 무념과 알아차림을 한다. 다리가 저려 올 즈음 몸을 풀고 눕는다. 이것은 내가 명상하는 방식이다.

명상하는 날과 하지 않은 날을 매일 기록하는데, 오늘 아침 그 기록을 보니 5일에 1번 정도 한다. 게으른 명상이다. 명상은 생각을 밝게 혹은 맑게 한다고 생각하기 때문에 명상이 밝을 명(明), 생각 상(想)으로 오해하는 사람이 많다. 명상은 어두울 명(瞑), 생각 상(想)이다. 사전적 의미는 고요히 눈을 감고 깊이 생각함. 또는 그런 생각이다. 한자를 직역하면 어두운 생각인데, 당연히 그런 의미는 아닐 테니 이 한자를 처음 사용한 사람은 눈을 감은 상태에서 깊이 들어간 상태를 어둡다고 표현한 것일 거다. 눈을 감으면 어둡지만, 명상 그 자체는 전혀 어둡지 않고 다양한 내적 모습이 있을 수 있다.

그리고 생각 상을 보면 명상은 생각을 놓는 것인데 왜 생각을 한다는 것인가 하는 의문이 들 수 있다. 대부분의 사람은 자기가 생각한다고 하지만, 가만히 들여다보면 생각에 끌려가는 경우가 많다. 또한 생각한다고 말하지만 이 또한 관찰해보면 마음의 작용이 생각으로 올라오는 경우가 많아서 생각이기보다는 감정이라고 해야 할 경우가 더 많다. 생각은 이성이고, 마음은 감정이라고 나눈다면 우리 대부분은 이성적이지 않은 것이다.

명상의 목적 중의 하나는 생각에 끌려가지 않은 상태에 있기 위함이다. 생각을 조절할 수 있는 상태, 그것이 명상이 지향하는 바다. 물론 이것이 명상의 전부는 아니다. 다만 '생각 상'의 의미를 그렇게 해석해보았다. 이제 명상에 대해 좀 더 깊이 이야기를 풀어본다.

명상을 하는 사람도 많고, 관련 책이나 강의, 단체도 많다. 명상에 대한 기본적인 기대는 '편안함'이다. 다양한 관점이 존재하지만, 가장 기본적인 요구는 긴장 완화일 것이다. 명상이 널리 회자되는 것은 그만큼 사회가 편안하지 않다는 방증일 수도 있다.

사회 현상은 현상 자체보다 그 현상이 담고 있는 의미를 찾는 것이 중요하다. 아무튼 명상이 아니더라도 우리가 살아가는 사회가 복잡하고 긴장되고 이완이 별로 없는 것은 사실이다. 이완이 더 잘되는 사회가 되었으면 하는 바람이 있다.

명상을 대하는 다른 관점은 명상을 통하여 자기의 본질을 찾고자 하는 노력이다. 이런 사람이 생각보다 많은 것 같지는 않지만, 그런 사람들만 모여 있는 곳에 가면 '이렇게 많아' 하는 생각도 들 것이다. 물론 수가 얼마나 많은지는 중요하지 않다. 아무튼 자기의 실체, 본질을 찾고 싶은 사람이 하는 명상은 단순한 긴장 완화 정도의 편안함을 지나서 더 깊이 들어가고자 한다. 그런데 더 깊이라는 것이 무엇인지 알기 어렵다. 호흡을 더 오래 하는 것인지, 더 오래 앉아 있는 것인지, 새로운 차원의 경험을 하는 것인지 등 선명하지 않다. 그럼에도 불구하고 명상을 하면 자기를 찾을 수 있다고 매진하는 사람도 많다. 이 사람들이 무엇인지도 모르고 그러지는 않을 것이다. 편안함 그 이상의 무엇인가를 느꼈거나 체험했을 수도 있고 철학적 의문인 존재에 대한 탐구가 한몫을 했을 수도 있을 것이다. 아무튼 이런 관점으로 명상을 하는 사람들도 있다.

명상의 방법이나 기술은 필요하지만, 그것에 얽매일 필요는 없다. 명상을 처음 시작할 때 매우 단순한 이완에서 하기도 하고, 단전을 먼저 알아야 한다고도 한다. 명상을 왜 하는가를 이해하면 단전을 왜 강화해야 하는가를 이해하게 될 것이다.

명상은 접근하는 관점이 다르지만, 어느 관점이든 호흡을 해야 한다는 점을 강조할 것이다. 맞는 말이다. 그런데 호흡을 왜 강조하는지를 생각해본 적이 있는가? 호흡은 우리 몸에서 가장 자연스러운 활동이다. 일상에서는 호흡하고 있는지도 의식하지 못한다. 그만큼 자연스럽다는 것이다. 그 자연스러움에 자기 생각을 실어서 어딘가에 모으면 집중이 생긴다.

호흡의 첫 번째 목적은 생각의 집중이다. 그런데 집중을 호흡에만 하면 약간은 헛헛한 느낌이 있기에 한곳에 모으면 힘이 생긴다. 예로부터 많은 사람들이 경험을 해보니 우리가 단전이라고 하는 부분에 모으니 가장 안정적으로 힘이 생긴다는 것을 알았다. 그래서 단전에 호흡을 모으고 생각을 모으게 하는 것이다. 매우 단순하다. 이것을 위해서 단전에 호흡을 모으는 방법으로 복식 호흡이니, 단전 호흡이니 하면서 약간의 테크닉이 접목되는데 그리 어렵지 않다.

테크닉은 단순하며, 정말 필요한 것은 정성이다. 더 상세한 언급은 여기서는 하지 않겠다. 테크닉은 따로 배우시기를 바란다. 분명한 것은 매우 단순하다는 것, 정성이 중요하다는 것이다. 단전을 어렵게 가르치는 사람과 단체는 생각해볼 일이다.

다음은 명상과 생각에 관해 이야기를 해보면 좋겠다. 생각에 끌려가지 않는다는 얘기는 앞에서 했으나 좀 더 해보면, 명상을 하면 생각이 없어진다고 말하는데 생각이 없어지는 것이 아니라 생각이 잦아든다고 하는 것이 더 적당한 표현 같다. 처음에는 생각이 가라앉고 더 깊어지면 생각이 맑아지고 더 깊어지면 생각이 적어지고 투명해진다. 그러면 생각은 있으나 그 생각에 머무르지 않게 되는 것이다. 그러니까 생각이 없어지는 것이 아니라 생각이 투명해진다는 것이 더 적당하다. 엄밀하게 보면, 생각은 없어질 수가 없다. 생각이 없다면 바보나 멍청이다. 사람은 생각이 없을 수 없다. 무념무상이라고 하는 표현은 매우 깊은 수준의 명상 상태이겠지만, 이때에 무념무상이 아무 생각이 없는 것이면 생각 없다는 것을 어떻게 생각하여 이렇게 표현할 수 있겠는가? 무념무상을 알고 있다는 자체가 생각이 있는 것이다. 논리적으로 그렇다는 것이지만 이 논리로 그 상태를 다 알았다고 말하는 것은 아니다. 명상은 결국은 자기 체험이기 때문이다. 다만 생각을 없어지게 한다고 명상하지는 말라는 것이다. 즉, 명상의 방향을 제대로 잡으라는 말이다.

생각은 있을 수밖에 없지만 그 생각에 매이지 않는 것이 명상 중의 생각이다. 명상을 너무 진지하게 대하지 않았으면 한다. 자연스러워야 명상이다. 다시 말하지만, 정성만 있으면 된다.

명상을 하다 보면 가끔은 초월적 경험을 하기도 한다. 초월적이라는 말은 경험을 넘어선 무엇이라는 것이지만, 그 자체로는 큰 의미가 없다. 명상은 체험이므로 그런 경험도 지나가는 하나의 과정으로 받아들이면 된다.

삶에서 명상의 목표는—거창한 표현을 빼고 말하면— 일상의 활동에서 평온을 유지하는 것이다. 눈을 감고 초월적 상태에 머무는 것이 아니라, 깨어 있는 상태에서 평온함을 유지하는 것이다. 초월적 경험을 해보는 것은 좋지만, 그것이 핵심은 아니다.

그런데 명상을 해보면 자연스럽게 명상 자체만으로는 힘이 없다는 것을 알게 된다. 개인적인 체험이기도 하고, 믿음이기도 하고, 가르침이기도 하다. 모든 가르침은 자기 체험으로 내재화되어야 한다. 그래서 비판적 수용이라는 말을 하는 것이다. 명상하면 맑아지고, 기분도 한결 가볍다.

아이들을 보면 쉽게 이해할 수 있다. 아이들은 명상하지 않지만, 그 자체로 밝고 맑고 편안하다. 좀 큰 아이들에게 그런 모습을 보기 어렵다면 갓난아기를 생각해보라. 아기는 그 자체가 평온이다. 아기의 미소는 부처의 미소를 따로 찾을 필요가 없다. 많은 부모들이 하는 경험이니 부정할 수도 없다.

그러나 그 맑은 아기가 커가면서 힘들어하고 변한다. 왜 그런가? 맑은데 세상의 풍파를 견딜 수 있는 힘이 없다. 물질적 힘이 아니라 마음의 힘을 말한다. 왜 마음의 힘이 없느냐 하면 모르기 때문에 그렇다. 자기 마음이 왜 흔들리는지, 세상이 왜 이런지 몰라서 그렇다. 어른이라고 다르지 않다. 어른이 되면 좀 아는 것 같아도 세상의 처세를 아는 것이지 자기가 흔들리는 근본 이유를 모른다. 그래서 어른도 힘들다.

몰라서 그렇게 되는 것이니 공부해야 한다. 학교 공부가 아니라 마음공부를 해야 한다는 것이다. 마음을 맑게 하면서 그 맑음이 어디서 오는지를 아는 공부를 해야 제대로 명상이 힘을 발휘할 수 있다. 또한 학교 공부도 그렇지만 공부를 제대로 했는지 아닌지는 시험을 봐야 할 수 있듯이, 마음 공부도 실생활에 적용해봐야 제대로 공부했는지 알 수 있다. 그래서 명상과 함께 해야 하는 또 하나는 실생활에서 적용해 보는 것이다. 명상과 공부, 실생활 적용의 삼박자가 잘 맞아야 제대로 된 마음이 된다.

주변에서 도가 높다거나, 정신 수준이 높다거나, 영통(靈通)을 했다는 등의 말을 한다. 간접 체험도 중요하다. 자기가 미완성일 때는 이미 앞서간 많은 사람들의 경험과 수준을 보고, 듣고, 경험하는 것이 필요하다. 학교 공부도 교과서 말고 참고서도 많지 않은가? 그러나 간접 체험은 간접 체험일 뿐이다. 내 체험이 진짜 내 것이다. 남의 체험은 참고지 내 것이 아니다. 간접 체험이 내 것이 된다면 세상에 부처가 다 되었지, 뭐 하러 수행하겠는가? 현실은 그렇지 않다는 것을 다 알고 있으면서도 간접 체험에 매이는 사람이 많다. 마음공부든, 명상이든, 학교 공부든, 참고는 참고일 뿐이다. 내가 해서 내 것이 아니면 다 소용없다.

명상 따로 생활 따로가 아니라 생활이 명상이 되어야 한다. 걷는 것도, 쉬는 것도, 말하는 것도 명상이 되어야 한다. 사람이 맑아지면 자기를 객관화할 수 있다. 객관화가 되면 자기모순도 잘 보인다. 잘못을 알고도 고치지 않을 사람은 많지 않다. 자기를 계속 고쳐나가다 보면 사람이 달라진다. 자기가 안다. 남들이야 띄엄띄엄 알기도 하고 무관심할 수 있지만 그것은 중요하지 않다. 자기는 안다는 것은 확실하다. 그 앎을 즐기면서 살다 보면 저절로 명상이 된다. 일종의 선순환의 트랙을 타는 것이다.

명상에 대해 적어봤는데 어떨지 궁금하다. 다분히 내 경험에 비추어 적은 것이니 참고하면서 당신의 명상을 찾아가기를 바란다.

세상의 모든 성현의 말씀으로부터
세상의 모든 지혜의 책으로부터
비움의 정수를 받아
당신 스스로 그 비움이 되지 않는다면
그 모든 말씀과 지혜는
빛을 잃고 사라질 것이다.

당신의 한 걸음마다
그 말씀의 씨앗이 자라나고
그 지혜의 빛이 밝아져야
그 걸음이 살아나는 걸음일 것이다.

매 순간, 마주하는 세상의 저항에
무너지지 않고 서 있는 당신은 그 자체로 위대하다.
그 위대한 저항은 위대한 비움으로 변하는 때를
맞이하게 될 것이니
그때에 당신의 긴 여정은 온전한 쉼이 될 것이다.

채우기 위한 명예는 사라질 욕망일 뿐이며
채우기 위한 부(富)는 사라질 욕망일 뿐이며
채우기 위한 사랑은 사라질 욕망일 뿐이니,

비우는 명예로
비우는 부로
비우는 사랑으로
당신을 이끌어가야 하는 것이 삶의 본질이다.

지금, 이 순간
비움의 걸음을 옮기고 있는 당신의 발걸음마다
연꽃이 피어나고 있으니
세상의 저항에 흔들리지 말고,
무소의 뿔처럼 그대의 길을 가야 한다.

당신 영혼의 친구가 그대를 바라보고 미소 짓고 있으니
두려움 없이 그 길을 가야 한다.
그 친구와 만나는 시간이 다가온다.

생각과 나이

하루가 지나면 하루의 생각이 지나간다. 생각은 쌓이는 것이 아니라 지나가는 것이다. 생각하는 것이 모두 쌓이면 아마도 살 수가 없을 것이다. 사실, 스스로 하는 생각보다 의지와 관계없이 올라오는 생각이 더 많다. 올라오는 생각을 자기 것이라 인식한다. 그런데 무엇이든 자기 것은 자기가 조절할 수 있어야 한다. 자기가 조절할 수 없다면, 그것이 무엇이든 자기 것이 아니다. 그래서 생각은 자기 것이 아닌 것이 많다.

자기 것이라고 생각하든, 아니든, 생각은 멈추기 어렵다. 생각을 멈추는 상상조차 어렵다. 명상을 하면 생각이 멈추고, 더 나아가서는 생각을 하지 않게(무념) 된다고 말하는 경우가 있다. 그러나 본질은 생각으로부터 자유로워지는 것이지 생각을 하지 않는 것이 아니다. 물론 명상을 하면 생각을 덜 하기는 한다.

생각을 멈추면 바보가 된다. 사람은 생각을 해야 하고, 생각하는 존재다. 어떤 생각을 할 것인지, 얼마나 생각에 끌려가지 않는지가 본질이다.

어떤 생각을 할 것인지를 얘기해보고 싶다. 어떤 생각을 하느냐에 따라 겉으로 드러난 많은 것들이 달라진다. 어렵고 복잡한 철학적, 심리적 이론들을 얘기할 필요는 없다. 삶을 통해서 감각적으로, 경험적으로 알고 있는 것들이 있다. 다만, 그것들을 관찰하지 않는 경우가 많을 뿐이다.

생각은 머리로 하고, 감정은 마음으로 한다고 하지만, 생각과 마음은 하나처럼 움직인다. 생각이 올라오면 마음이 움직인다. 마음이 움직이면 생각이 따라온다. 누구나 자기 경험으로 알고 있는 것이다. 생각과 감정을 객관화할 수 있어야 한다고 하지만, 쉽지 않다. 어떻게 생각을 조절할 것인가, 어떻게 하면 객관화가 될 수 있는지는 여기서의 주제는 아니다.

예쁜 생각을 하면, 예뻐진다. 거친 생각을 하면, 거칠어진다. 겉으로 드러난 것은 모두 속에 있는 것이 드러나는 법이다. 속에 없는데 드러나는 것은 없다. 겉으로 드러나기 전에 속에서 먼저 안다. 예쁜 생각은 속을 편안하게 하지만, 거친 생각은 불편하게 한다. 속이 편안하니 드러난 모습도 당연히 편안하다. 속이 불편하면 드러난 모습도 반대인 것 또한 당연하다. 사필귀정(事必歸正, 모든 일은 바르게 흐르게 된다)이라는 말이 있는데, 이것을 事必歸定(모든 일은 마음먹은 대로 된다)으로 고쳐도 다르지 않다. 세상 일이 다 속의 것이 밖으로 드러난 것이기 때문이다.

나이가 들면 생각이 '성숙'해지기도 하지만 '성숙하다'고 말하지 않은 것은 나이가 들어도 그렇지 않은 경우도 많기 때문이다. 대개 생동감이 없고 고루해지는 것이 일반적이다. 집중력도 많이 약해지게 된다. 아마도 신체적 활력이 떨어지면서 모든 일이 귀찮아지는 이유일 것이다. 나이 든 사람들의 대화는 세상 걱정, 자식 걱정이 많다. 자기 자신에 대한 생각을 가장 많이 해도 부족한데 자기 밖의 것에 대한 걱정을 많이 한다. 삶이 공허하다고 말하고 싶지는 않지만, 내면이 헛헛한 것이지 않을까 짐작해본다. 아무튼, 당신도 '세월을 이길 수 없다'는 말이 이해가 될 때가 온다.

주변을 보면, 자기 나이—내 또래를 기준으로 말하는 것이다—에 비해서 늙어 보이는 사람도 있고, 젊어 보이는 사람도 있다. 신체적 특징은 사람마다 다르니 옳고 그름이나, 좋고 나쁨은 없다. 내 경험으로, 생각이 생동감이 있고, 생각의 힘이 있는 사람은, 그 모습이 나이에 비해 젊어 보인다. 그런 사람을 많이 볼 수 있는 것은 아니다. 말했듯이, 대부분의 사람은 세월의 무게를 이기지 못하는 것 같다.

젊어 보이는 사람을 보면, 나도 같이 생동감이 생기는 것을 느낀다. 신체적 젊음이 주는 생동감이 아니라, 젊어 보이게 하는 내면의 생동감이 전해지는 느낌 때문일 것이다. 사람의 내면은 공부를 해도 알기 어렵다는 것을 이해하지만, 동시에 참 신비롭다는 생각을 하게 된다. 겉이 빛나는 사람은 언젠가는 그 빛이 바래게 되지만, 속에 빛이 있는 사람은 바래지 않는다. 그렇게 보면, 젊든, 나이 들든, 성숙한 기준은 같은 것 같다. 젊은 사람은 아직도 시간과 기회가 많고, 나이 든 사람은 그렇지 못한 것이 다를 뿐이다.

나이의 차이가 생각의 차이를 만든다기보다 생각의 차이가 모습의 차이를 만드는 것일 수도 있다는 생각을 한다. 주관적 경험이고, 일반화는 더욱더 필요 없는 것이지만, 내면의 성숙과 안정, 그리고 그것이 주는 생동감과 편안함이 우리에게 필요하지 싶다.

예쁘다, 예쁘다
예뻐진다.

밉다, 밉다
미워진다.

생각은
하는 것이 아니라, 떠오르는 것
따라가는 것이 아니라, 지켜봐야 하는 일.

모든 생각은
자기에게로 돌아오는 부메랑이다.

한 호흡마다,
존재와 맞닿을 때마다,
생각을 잊는다.

하늘 미술관

　그림은 종이에 그리고, 음악은 종이에 담는다. 인간이 만든 종이 위에서의 창작은 한계가 있다. 그 어떤 창작도 언어도단(言語道斷)을 넘어설 수는 없기 때문이다. 창작을 표현하는 것에는 한계가 있지만 표현되지 않은 세계는 한계가 없다. 그 무한한 세계를 어떻게든 사람에게 보이고, 들려주고 싶어서 예술가는 수많은 날을 고뇌하며 살고, 그렇게 삶을 마친다. 어디 예술가만 그렇겠는가. 세상에 뿌리 내리고 살아가는 우리 모두의 삶이 예술이다. 아무튼 자기의 한계를 넘어서는 일은 자기 자신에게로 돌아가는 귀향의 길이다. 도(道)가 길인 것은 괜히 생긴 것이 아니다.

　당신은 가끔 하늘을 바라보는지 궁금하다. 하늘은 그 자체로 밀도가 낮고 유연하여 세상의 모든 것을 담아도 넉넉하다. 자기가 보이고 싶은 대로 자유롭게 모습을 바꾼다. 땅 위에 사는 우리는 하늘을 바라보며 굳은 마음을 풀어낼 수 있기에, 가끔 하늘을 보는 일은 좋다.

　하늘의 풍경은 너무 다양해서 다 표현할 수 없다. 한 순간을 그려내면, 바로 다음 순간 또 다른 모습을 보여주기에 따라갈 수 없다. 다행히 우리의 언어가 그것을 다 담아내지 못해도 마음은 언제나 하늘과 하나 되어 놀 수 있다. 이유는 알 수 없지만, 우리는 그렇게 태어났고 그게 다행이다.

어느 날의 하늘은 눈이 부시게 푸르고, 어떤 날은 칠흑처럼 어둡다. 비를 뿌리다가 빛을 비추고, 맑은 하늘에 비가 내리기도 한다. 구름은 무수한 조각상을 만들어 보이다가 순식간에 사라지고, 바람은 이유를 알 수 없을 만큼 변덕스럽다. 일 년 365일을 다르게 보여주는 모습에 우리는 지루함을 모른다. 하지만 우리의 무료함과 지루함은 하늘은 이해하지 못할 것이다. 사람의 마음이 '하늘 마음'이라고 하는데 정말 그런지는 알 수가 없다. 그냥 믿고 사는 것인지도 모른다. 하늘을 닮고 싶은 것은 본능인 것을 어쩌겠는가?

하늘은 미술관이고, 음악당이고, 박물관이다. 오늘의 하늘빛과 구름의 조화가 미술관에 걸린 한 폭의 그림 같다. 그 구성과 색상과 색감은 인간의 손으로는 그릴 수 없는 그림이다. 또 하나, 인간의 그림과 하늘의 그것이 다른 것은 인간은 고뇌하며 그리지만 하늘의 붓은 거침이 없으나 편안하고, 사람의 그림은 해석이 필요하지만, 하늘의 미술은 본래 해석이 필요 없다.

회사 일이 힘들 때 창문 밖의 하늘을 보면 좋다. 눈을 흘기며 보지 말고 정면으로 바라보며 시간을 보내면 좋다. 파란 하늘도, 회색빛 하늘도. 비 오는 날도, 비 올 듯 잔뜩 찌푸린 하늘도 괜찮다. 눈이 날리는 날, 하늘색은 회색빛이어도 세상이 하얘서 좋다. 어떤 하늘이든 고개를 들면 미술관이 있으니 그 작품으로 위로받을 수 있다. 수채화도 있고, 유화도 있고, 추상화도 있고, 조각도 있고, 무채색의 바람도 담아내는 것이 하늘 미술관이다. 밤의 하늘은 어둠과 빛의 향연을 보여준다.

회사에서뿐 아니라, 살아가는 모든 시간과 공간에서 하늘은 우리의 미술관이다. 그림이나 조각이 아니더라도, 하루에 한 번이라도 하늘을 보면서 지나가면 마음이 편해질 것이다. 나만 그런지는 모르겠지만, 나는 매일 아침에 내 자리에서 하늘을 보며 하루를 시작한다. 이유는 없다. 삶의 긴 여정 동안에 익숙해졌을 뿐이다. 뭐든 익숙하면 그 의미가 흐려지기 마련이지만, 하늘은 다르다. 당신의 마음을 다 받아줄 것이다.

눈이 부시게 파란 하늘이 있고
연한 하늘색 하늘이 있고
구름을 담은 하늘이 있고
구름 한 점 없는 하늘이 있고
무수한 색의 하늘이 있는 하늘은
색채의 미술관이다.

뭉게구름의 수채화를 담은 하늘
회색의 구름의 유화를 담은 하늘
세상의 형상을 다 그려놓은 하늘
무엇인가의 조각상을 모아놓은 하늘
그 무엇으로 표현할 수 없는 추상화의 하늘은

자연의 미술관이다.

하늘 미술관은
일 년 365일 다른 그림을 전시하여
지루함을 없게 한다.
어떤 날은 바람을 담아 움직이는 모빌을 전시하고
어느 날은 별을 담아 우주를 보여주고
어느 날은 달을 담아 토끼도 보여준다.

하늘은 하루도 쉬지 않고 그림을 그린다.
우리 동네 미술관은 하늘에 있다.
하늘 미술관은 볼 때마다 다른 그림을 볼 수 있어
지루함을 모르겠다.

그림자

맑은 날, 거리를 걷다 보면 자기 자신의 그림자를 보게 된다. 그림자는 욕심이 없다. 빛을 따라가며 스스로를 변화시키는 것을 보면 재미가 있다. 자기보다 작아지기도 하고 훨씬 커지기도 한다. 특히 해 질 녘, 해를 등지고 서 있으면 그림자는 끝을 모르고 커진다. 그림자도 빛이 사라지는 것이 아쉬운 모양이다. 빛이 사라지면 그림자도 사라진다. 밤이 되면 인공의 빛이 도시를 비추고 밤의 그림자가 나오지만, 밤의 그림자는 생기가 없다. 그림자도 지쳐서 그런가 보다.

그림자는 정겹다. 따뜻한 날에 심심함이 몽글몽글 떠다닐 때, 그림자와 놀면 시간이 잘 간다. 그림자는 아니라고 한 적이 없다. 부처의 마음처럼 내가 원하는 것을 다 들어주고도 힘든 줄을 모른다. 빛이 강하면 자기를 더 드러내고 싶어 진한 그림자가 된다. 한여름의 그림자는 다른 계절의 그림자와 다르다. 진한 선으로 여름의 더위를 식히는 모습이 개구쟁이 같다. 자기 자신은 드러내지 않아도 빛을 사랑하는 그림자는 빛이 있기를 늘 바란다. 빛이 있어야 같이 놀 수 있기 때문이다.

그런데 삶에서 그림자는 부정적인 이미지로 우리에게 각인되어 있다. 삶의 그림자라는 말을 들어본 적이 있을 것이다. 햇볕이 따가울 때 그림자는 빛을 피할 수 있는 공간이다. 추운 날의 그림자는 추위를 가중하는 공간이다. 세상의 모든 것은 음양이 공존하는 것이다. 좋은 것만 보고 살 수도 없고, 나쁜 것만 보고 살 수도 없다. 사람도 그렇다. 한 사람을 좋다, 나쁘다 하는 식의 이분법으로 나눠서 볼 필요는 없을 것이다. 나누는 마음보다는 담아내는 마음이 좋다.

그림자는 재미있는 영역이다. 인생의 빛이 있는 곳에 그림자가 있다. 그림자는 빛을 따라다니지 홀로 다니지 않는다. 홀로 존재할 수 없다. 삶의 그림자도 삶이 있어서 그림자가 있는 것이다. 그 그림자를 삶의 어두운 면이 아니라 삶의 다른 모습으로 바라보면 그림자가 어둡지 않다. 어쩌면 삶의 희로애락과 흥망성쇠를 담아내고도 그 선만을 드러나게 보여주는 그림자는 위로를 주는 것일 수도 있다. 앞만 보고 달려온 당신을 숨 가쁘게 따라오면서 한 번은 뒤로 끌어당겼을 그림자의 몸짓이 있었을 수도 있다. 삶의 그림자가 짙어지기 전에 뒤돌아봤더라면 삶이 좀 나았을 수도 있었을 것이다. 그림자에는 그림자의 역할이 있다.

그림자로 적을 것이 없을 거 같지만, 그림자에는 빛에는 없는 수용의 자유가 있다. 어떤 빛도 다 담아내는 그림자를 보면서 수동적인 모습이 아니라 수용의 미학을 배운다.

같이 걷는 동반의 아름다움이 있다. 생명이 없지만 생명의 움직임을 담아내는 그림자를 보면서 세상에 있는 그 어떤 것도 소홀히 다룰 것은 없다는 지혜를 얻는다. 맑은 날 집 밖으로 나가, 사무실 자리에서 일어나 밖으로 나가, 그림자 한번 만들어 자신을 돌아보고 들어오면 한결 편안하지 않을까? 문득 지난여름에 같이 보낸 그 그림자가 그립다.

빛이 있는 곳에는 그림자가 있다.
그림자는 어둠이 아니라 만물의 실루엣이다.

형상 있는 모든 것들은
빛에 수줍어 다 숨고, 그 선만을 보여준다.

그림자는 자신을 다 담아내고도
정해진 모양이 없다.
빛 따라 모양이 다르다.

그림자는 변덕쟁이가 아니다.
재미를 아는 개구쟁이인가 보다.
아무리 모양이 변해도
본래 자기는 항상 담아낸다.

당신과 나의 동반에
그림자도 따라온다.

우리들의 그림자는 빛이 길 위에 그려낸 우리의 스케치.
우리의 걸음걸음마다 같이 걷는 그림자의 정감은

그것을 바라볼 때 느낀다.

빛이 강한 날은
더 자기를 뽐내고 싶어 빛과 경쟁을 하는 모습이
아이들의 달리기 시합 같다.

빛이 약한 날은 자신도 기운이 없는지 그 모습이 옅다.
그림자는 빛을 너무도 사랑하여
빛을 흉내 내며 같이 다니면서
그 빛을 담아내는 우리를 지켜주는 것 같다.

경계(境界), 역동을 만나다

    살면서 형성되는 인간관계 때문에 힘들어하는 경우가 많다. 나도 예외는 아니다. 지금, 경제적으로나, 신체적으로나, 사회적으로 더 좋은 조건을 줄 테니 40년 전으로 돌아가서 다시 삶을 살아보라고 한다면, 나는 돌아가지 않을 것이다. 사람의 삶은 주어진 조건이 문제가 아니라, 사람 사이의 관계를 만드는 과정에서의 갈등과 해결, 긴장과 이완, 그에 따른 성장과 퇴보의 드라마다. 그 과정을 다시 겪으라는 것이기 때문에 나는 돌아가길 원하지 않는다.

    경계는 나누는 선이다. 경계는 자기와 다른 대상을 거부하거나 수용하는 지점이다. 단순한 선이 아니라 대상과 대상이 충돌하는 지점이다. 충돌은 언제나 변화를 야기하고, 변화는 위기이고, 위기는 대응을 요구한다. 대응을 위한 생각, 연구를 통해 자기의 생존이든, 대상과의 공존이든, 위기를 극복하기 위한 노력을 하게 되고, 그것이 사람들의 인격적, 영적, 사회적 성장을 불러온다. 삶은 이러한 과정의 반복이다.

    홀로 존재하면 경계가 없다. 경계는 관계가 시작되는 지점이다. 그 경계를 넘나들며 자기와 세상을 이해하는 것이다. 그래서 마음의 힘을 축적하게 된다. 타인과 관계하지 않고, 자기 내면에서 만들어지는 심리적 층도 내면의 경계다. 그 경계도 넘나들며 내면의 성숙에 일조를 해야 한다.

경계선을 기준으로 서로 다른 대상이 있다. 같은 대상은 편하기는 하지만, 다양성이 부족하고, 그 안에서 새로운 것이 나오기 어렵고, 견디는 힘이 상대적으로 약해서 내적 성숙을 높이기 힘들다. '수행(修行)'을 예로 들어 이야기하면, 함께하는 것, 다른 대상과 결합하는 것이 단일한 구성이나 수행보다 낫다는 것을 이해하기 쉬울 듯하다.

혼자 하는 수행은 상대가 없기 때문에 상대적으로 경계가 없다. 경계가 없으면 갈등이 없고, 있다 하더라도 그 정도가 얕다. 갈등이 없으니 문제도 없고, 문제가 없으면 대상을 이해하기 위한 노력과 연구를 할 필요가 없다. 상대에 대한 이해가 없으면, 존재와 세상에 대한 '무명(無明)'을 벗어나기 힘들다. '무명'이면 '연기(緣起)'하고, 연기는 고통의 원인이기 때문에 삶이 고통이 되고, 언제나 그 자리를 맴도는 결과를 얻게 된다.

수행만 그런 것이 아니다. 사회가 다 이런 원리로 돌아가는 것이다. 상대와 함께 살아갈 수 있는 마음의 힘, 생각의 힘을 구성원 모두가 갖추어야 한다. 이것이 다양성이다. 자기를 중심으로 경계를 형성하는 모든 사회에서, 경계는 표면적으로 자기와 타인을 구분하는 엄밀한 선이지만, 본질적으로 그 경계는 구분하기 위해서 존재하는 선이 아니라 서로를 수용하기 위해서 있는 선이다. 수용이 깊어지면 선이 사라지고 대상들만 남게 되면서 '자기중심'이 사라지는 것이다.

자기중심적 생각이 사라지는 것, 그것이 '하나'되는 것이다. 유학에서 얘기하는 '대동세상(大同世上)'인 것이다. 대동 세상은 별게 아니다. 서로를 받아주는 세상이다. 신분이 다르고, 신체가 다르고, 빈부가 다르고, 출신이 다르고, 성별이 다르고, 생각이 다른 것을 받아주는 세상이 대동세상이다.

직장 생활이나 사회생활에서 힘들겠지만, 자기를 비우는 연습을 하는 곳이 경계다. 비우는 것은 버리는 것이 아니다. 포기하는 것이 버리는 것이다. 비우는 것이 흐르게 하면서 내려놓는 것이라면, 포기는 담아두고서 멈추는 것이다. 비움은 활동이고, 포기는 정지다. 비움은 통 비우듯이 비워지지 않는다. 비우는 것이 먼저가 아니라, 흐르는 것이 먼저다. 흐르면 비워진다.

매일 인간관계 때문에 마음이 편하지 않겠지만, 마음에서 일어나는 경계에 대한 생각을 돌리면, 구분이 아니라 세상과 자기를 받아내기 위한 통과의례가 된다. 성장의 시작이 된다.

타인은
자기 경계 밖의 이방인.

경계는
이쪽에서 저쪽을 밀어내기 위한

선이 아니라
새로운 관계를 시작하는 선이다.

그 선을 넘나들어
서로를 헤아리는 지점이며
세상을 보기 위한 망루다.

경계는
서로를 섞는 공간이다.
그 섞임으로 하나가 되는 곳.
대동(大同)의 터다.

거리를 걷는다

거리로 나선다. 집 앞 골목길은 언제나 한가롭다. 모든 골목이 그렇진 않겠지만, 우리 동네 골목은 늘 조용하다. 그 한가로움이 좋다. 시끄럽고 번잡한 걸 싫어하는 내 성격 탓일 것이다. 골목을 지나 큰길에 들어서면, 풍경은 여느 도시와 다르지 않다. 익숙한 거리지만, 자세히 들여다보면 늘 스쳐 지나쳤던 것들이 보인다. 익숙함은 편안함이지만 많은 것을 놓치게 한다.

거리를 걷는다. 마주 오는 사람들의 얼굴을 본다. 마음이 불편해 보이기도 하고, 좋은 일이 있는 듯 밝아 보이기도 한다. 스쳐 지나가는 찰나, 이번 생의 인연은 끝난다. 다시 만날 수도 있지만, 지나간 사람은 그리워하지 않고, 다가오는 사람은 경계하지 않는 것. 삶의 지침 같은 것이다. 항상 잘되지는 않지만, 늘 유념한다.

버스가 지나간다. 크고 시끄러운 소리에 답답함이 밀려온다. 도시의 거리에서 버스는 늘 그렇다. 시골길에서 마주치는 버스는 오히려 반갑다. 먼지를 날리던 옛날의 신작로와는 달리 요즘은 시골도 말끔하다.

도시의 버스는 사람들로 가득 차 있다. 그 모습은 도시의 복잡함을 그대로 닮았다. 이를 부정적으로 보려는 건 아니다. 다만 내겐 그 복잡함이 유난히 거슬릴 뿐이다. 어떤 이에게는 그것이 활력으로 보일 수도 있다. 결국, 성격 차이일 것이다.

지하철역이 있는 큰 사거리로 들어서면 복잡함은 극에 달한다. 사람, 차량, 소리, 광고. 모든 것이 많아진다. 반대편에서 오는 사람은 물론, 같은 방향의 사람까지 피해 가야 한다. 때때로 짜증이 올라오지만, 사람 마음의 변수에 대해 생각하게 된다. 같은 방향으로 걸어가다 엇갈리지 못하는 순간들처럼, 삶도 순간순간 감각과 생각이 다르게 반응한다. 그럴수록 천천히 걷는 것이 최선이다. 하지만 그 또한 쉽지 않다. 대부분의 도시 사람이 그렇듯 빠르게 움직여야 하니 복잡함을 피할 수 없다.

그럼에도 도시는 고개만 돌려도 원하는 것을 살 수 있는 장점이 있다. 가끔은 필요 없는 물건까지 사게 되지만, 그것도 도시의 일상이다.

공원에 닿는다. 복잡한 거리를 지나 마주한 공원은 고요하다. 시골의 산과는 다르다. 나무와 꽃은 비슷하지만, 도시의 것들은 옮겨 심은 존재들이다. 시골이 본래의 터전이라면, 도시는 모여든 사람들의 공간이다. 도시의 공원도 마찬가지다. 어딘가 정감이 덜하고, 시설물이 많아 탁 트인 느낌도 부족하다. 그럼에도 공원은 도시의 숨구멍이다. 마음의 숨구멍이기도 하다.

콘크리트와 불빛만 가득한 도시는 숨이 막힌다. 그 사이에 공원이 있다는 건 얼마나 다행인가. 한적한 공원에 들어서면 마음이 천에 염색이 스며들듯 평온해진다. 걸음은 자연스레 느려지고, 풍경이 눈에 들어오고, 소리가 들린다. 이런 감각을 느껴본 적이 있는가? 자신과 주변을 관찰하는 습관은 자기를 이해하는 가장 좋은 방법이다.

공원을 나서면 다시 거리다. 공원을 경계로 한 풍경의 이질감은 종종 충격처럼 다가온다. 익숙해질지라도, 무의식은 여전히 그 차이를 감지할 것이다. 그래서 도시에선 중심을 잡고 살아가는 일이 더욱 중요하다. 다시 집으로 돌아오는 길, 걷던 길의 감상은 반복되지만, 공원에서의 쉼과 정화가 도시의 번잡함을 조금은 부드럽게 만든다. 집에 도착하면 거리는 사라지고, 오롯이 나를 맞는 편안함이 있다.

내일 다시 거리로 나설 때, 내 마음은 어디를 향하게 될까?

집으로 돌아가는 길
바람이 나를 밀어준다.
수없이 나를 스쳐 지나갔을 바람은
서로를 알지는 못하지만
한 번도 외면한 적이 없다.

집으로 걸어가는 길
길 옆에 줄지어 서 있는 나무는
나의 걸음을 지켜보면서

자기들끼리 나를 넘겨주며
나를 지켜준다.

나무는 바람을 담아 소리를 내고
바람은 나무의 향기를 공중에 뿌려 세상으로 보낸다.
서로는 아무런 약속을 한 적이 없지만
서로를 품어내며 담담하다.
바람과 나무의 시간에는 현재만 있다.

수없이 지나간
집으로 돌아가는 길에 마주친
그 거리의 바람과 나무는
한 번도 어색함을 모르겠다.

바람과 나무는
언제나 나의 시간에 맞춰
그 시간에 머문다.
바람과 나무는 나를 잊지 못하나 보다.

3
흔들리며 가는 것이 삶이다

꺾이지 않는 마음, 존재와의 맞닿음

바람이 스쳐가며,
마음의 나뭇잎들이 흔들린다.
삶의 마디가 생길 때마다
마음의 키가 자란다.

마땅히 그러하다

흔히 '합리적이다', '객관적이다'라는 말을 사용한다. 그러나 정작 '합리'라는 개념이 무엇인지에 대해 깊이 생각해본 적은 드물다. 합리는 이치에 맞는 것이다. 그렇다면 이치는 무엇인가? 결국 마땅히 그러해야 한다는 뜻으로 귀결된다. 이 표현은 순우리말로서 한자어보다 직관적이고 명료하다. 한자화가 모두 문제가 되는 것은 아니지만, 무엇이든 한자화하려는 습성은 쉬운 개념을 어렵게 하는 경우도 많으므로 이를 경계할 필요가 있다.

마땅히 그러해야 하는 것. 헷갈리는 내용이다. 세상에 살아가는 사람마다 상황과 수준이 다 달라서 마땅히 그러한 것에 대한 생각도 다를 것이다. 도둑에게는 남의 것을 훔치는 것이 마땅하고, 사기꾼은 남을 속이는 것이 마땅하고, 성직자는 기도하는 것이 마땅하고, 학생은 공부하는 것이 마땅하고, 직장인은 열심히 일하는 것이 마땅하다. 다 마땅하지만 다 그렇게 되지 않는다. 단순해 보이지만, 실제로는 그것을 이해하는데 까다로움이 있다. 각자의 입장에서 '마땅함'은 존재하지만, 그것이 실제로 실현되지는 않는다.

이러한 까다로움은 우리가 어떤 말이나 행동을 할 때, 그 이면에 깔린 전제를 인식하지 못하기 때문에 발생한다. '마땅히 그러해야 한다'는 말에는 두 가지 전제가 있다. 첫째, 자신의 양심에 어긋나지 않아야 하며, 둘째, 타인에게 피해를 주지 않아야 한다. 이 두 가지 기준은 합리의 핵심이다.

우리가 사는 세상은 상대적이다. 따라서 상황에 따라 해석이 필요한 세계인데 모든 것이 유동적이다. 그래서 복잡하고 어렵고 불협화음이 많다. 어쨌든 이런 세계에 살면서 부딪히는 많은 문제를 합리적으로 해결하려면 합리의 두 전제를 지켜야 한다.

학생의 경우를 생각해보자. 학생은 부모와 사회의 지원을 받아 공부를 한다. 그러므로 성실하게 공부하는 것은 양심에 부합하며, 타인에게 피해를 주지 않으므로 합리적이다. 반면, 도둑은 남의 물건을 훔침으로써 양심에 어긋나고 타인에게 피해를 주므로, 합리적이라 할 수 없다.

사회생활에서 '저 사람은 합리적이다'라는 평가를 듣곤 한다. 그런데 이 말이 진정으로 그 사람이 양심과 타인에 대한 배려를 지키는 사람이라는 뜻인지, 아니면 평가하는 사람의 이익에 부합하는 행동을 했기 때문인지는 알 수 없다. 현실적으로는 후자의 경우가 더 많다. 예를 들어, 도둑에게 '합리적인 경찰'은 자신을 눈감아주는 사람일 것이다.

합리란 결국 양심을 지키고 타인에게 피해를 주지 않는 것이다. 아이들도 이해할 수 있는 간단한 원칙이다. 그러나 현실은 그렇지 않다. 세상이 시끄러운 이유는 이 간단한 합리가 지켜지지 않기 때문이다.

사람은 본능적으로 힘든 일을 피하고 싶어 한다. 마음대로 살고 싶어 한다. 모두가 마음대로 행동한다면, 인간 사회는 동물의 세계보다 더 혼란스러워질 것이다. 동물은 본능에 따라 살아가며, 일정한 질서가 존재한다. 배부른 사자는 사냥하지 않고, 생로병사 또한 자연의 이치에 따라 이루어진다. 동물은 깨달음을 얻지는 못하지만, 이치대로 살아간다.

반면 인간은 자유의지를 지녔다. 이치대로 살 수도 있지만, 그렇지 않을 수도 있다. 자유의지는 인간을 고귀하게 만들기도 하지만, 동시에 혼란을 초래하기도 한다.

사람은 마음대로 살고 싶어 하지만, 그를 제어하는 것이 바로 양심이다. 양심은 타고나는 것이며, 사람마다 다르지 않다. 문화적, 사회적 요인에 의해 양심이 다르게 보일 수는 있지만, 본질은 같다. 만약 양심이 사람마다 다르다면, 도덕과 윤리는 성립할 수 없다.

진정한 합리는 바로 이 양심이 외적으로 드러난 것이다. 말로만 하는 합리가 아니라, 양심에 부합하는 말과 행동이 합리다. 아는 것을 안다고 말하고, 모르는 것을 모른다고 말하는 것이 합리다. 알면서 모른 척하는 것이 겸손이라 배웠지만, 처세와 겸손은 다르다. 진실을 말하는 것이 양심에 부합하며, 그것이 곧 합리다. 현실에서는 아는 것도 모른다 하고, 모르는 것도 안다 하는 일이 비일비재하다. 세상이 조용할 날이 없는 것은 당연한 일이다.

양심과 합리는 본질적으로 다르지 않다. 일상에서는 이를 분리하여 생각하지만, 양심에서 비롯된 말과 행동이 바로 합리다. '합리적인 사람', '합리적인 결정'이라는 표현은 흔히 사용되지만, 이 기준에 비추어 보면 그 진실을 가늠할 수 있다.

합리적인 삶은 결국 양심을 지키고 타인에게 피해를 주지 않는 삶이다. 이 단순한 원칙이 지켜질 때, 우리는 보다 조화롭고 평온한 사회를 만들 수 있다.

사람의 속은
멀리 있다고 멀리 보이고,
가까이 있다고
가까이 보이는 것이 아닙니다.

멀리서도
가까이 보이는 속이 있고
가까이서도
멀리 보이는 속이 있습니다.

서로의 속은
알려고 알게 되는 것이 아닙니다.
스스로 열어주면
저절로 보이는 것이 사람입니다.

스스로 열릴 때까지
오래 기다려야 합니다.

도시의 빛

　도시의 빛은 변함이 없다. 맑은 날에도, 흐린 날에도, 비가 오는 날에도 그 빛은 언제나 어둠을 밀어내려 애쓴다. 어둠은 어둠의 몫이 있고, 밝음은 밝음의 몫이 있는데 도시의 밤은 어둠을 몰아내고 낮의 빛을 연장한다.

　도시의 빛은 화려하지만 지쳐 있고 외롭다. 그 빛에 생기를 불어넣는 것은 인간의 숨과 새벽 산 너머 들판을 가로질러 몰려오는 흑백의 빛뿐이다. 동트기 전의 풍경은 흑백사진 같다. 자연의 색을 숨기고 담백한 색으로 자신을 드러낸다. 점점 빛이 몰려들어 흑백을 밀어내고 여러 색이 드러날 즈음, 도시의 불빛은 눈을 감는다. 그렇게 도시의 밤, 인위의 빛은 지나가고 자연의 빛이 세계를 대신한다.

　사람이 아무리 빛을 만들어내도 자연의 빛을 대신할 수 없다. 인간의 빛은 사람을 지치게 한다. 세상의 무엇이든 정도를 넘어서면 그 자체와 주변을 시들게 하고 지치게 한다. 빛을 갈망하던 시대에는 도시의 빛은 환희였다. 시골의 빛은 등대였다. 그러나 그 빛들이 우리의 영혼을 지치게 한 지 오래되었다. 지금은 도시의 빛도 조금은 쉬어야 할 때다. 도시의 빛을 다 꺼야 할 이유는 없다. 그래서도 안 된다. 다만, 쉼이 필요하다. 사람들의 쉼을 위하여 빛을 조금은 낮춰야 한다.

내가 사는 동네에는 큰 공원이 있다. 그 주변은 다양한 가게들이 즐비하다. 공원의 빛은 차분하고 가게들의 빛은 활기가 있다. 기온이 떨어지는 날이면 가게의 안과 밖은 분리되고 빛만이 그곳을 알리지만, 기온이 올라가면 가게의 안과 밖은 하나가 되고 사람들이 가게 밖 탁자에도 넘친다. 창문이 닫힌 가게의 빛과 활짝 열린 가게의 빛은 다르다. 다르다는 것이지 어느 쪽이 좋다는 것은 아니다. 사람 마음의 움직임이 창문의 닫힘과 열림의 미학을 만들어내는 것이다.

동네 가게들의 빛은 여느 도시의 빛처럼 흔들리는 삶을 담아내기도 하지만 빛의 흐름이 가볍고 난하지 않아 다행이라고 생각한다.

가게들의 빛에 지루함을 느낄 때면 공원으로 들어간다. 공원은 조용하고 편안하다. 그 안의 가로등은 차분하다. 사람들의 걸음도 여유가 있고, 대화를 들을 수는 없지만 소리는 편안하다. 공간이 주는 여유일 것이다.

그러고 보면 공간을 어떻게 구성하는가는 중요하다. 공간에 따라 사람의 심리와 감성이 달라지기 때문이다. 그 공간을 비추는 빛의 구성은 더 큰 의미가 있지 않을까 생각한다. 가게의 빛과 공원의 빛의 느낌이 다르듯, 빛의 구성은 사람에게 큰 영향을 준다.

공원에 들어가면 온도도 다르다. 공기의 흐름과 상쾌함이 다르다. 그래서인지 공원의 가로등은 더 선명하게 느껴진다. 어느 곳은 좀 어둡고 어느 곳은 밝지만, 그 어둠과 밝음이 얼마나 조화로운지는 알 수 없지만, 모두 밝지 않은 점이 좋고, 모두 어둡지 않은 점도 좋다.

공원의 밖은 밤에도 낮에도 다 밝다. 그래서 문제가 되는 것은 아니지만 밝으면 쉬는 데는 여백이 부족하다. 공원의 여백은 공간의 여백이면서 동시에 빛의 여백이기도 하다.

공원을 한 바퀴 돌아 나오면 기분이 한결 가벼워진다. 다시 맞이한 도시의 불빛은 공원에 들어가기 전의 지루함과 지침보다 조금은 활기 있게 다가온다. 그러고 보면 내가 경험하는 모든 것은 내가 정하는 것이다. 일상의 작은 걸음에서도 삶의 진리를 알게 되는 것은 좋은 일이다. 오늘 밤 당신도 집 주변의 공원과 가게들이 들어서 있는 거리를 번갈아 걸어보며 도시의 빛을 느껴보면 어떨까?

오늘은 도시의 빛이 달라졌다. 정해진 풍경은 그대로인데 빛이 달라졌다.

도시 불빛의 환희는
한밤을 넘기지 못하고

새벽녘 흑백의 빛에 밀려나며
휴식을 갖는다.

다시금 돌아올 밤은
불빛의 일터.

사람의 시간을 잊게 하지만
마음을 위로하기도 하는 것이
착한 마녀의 주문 같다.

글쓰기도 인생이다

오늘은 글을 쓰면서 마주하게 되는 어휘의 한계, 표현의 제약, 언어 선택의 어려움에 대해 이야기해보고 싶다.

글을 쓰는 과정에서 가장 즐거운 순간은 표현과 단어의 뉘앙스가 자연스럽게 어우러져 문장이 흐를 때이다. 많은 사람들이 공감하듯, 그런 순간은 흔치 않다. 쉽게 써지는 글이 반드시 좋은 글이 되는 것도 아니다. 물론 타고난 작가는 글쓰기가 어렵지 않겠지만, 대부분의 작가에게 글쓰기는 다른 분야처럼 배움과 노력, 그리고 고통이 수반되는 작업이다.

글을 쓰는 사람마다 마주하는 한계는 다르다. 여기서 '글을 쓴다'는 것은 반드시 작가라는 의미는 아니다. 글을 쓰기 위해서는 소재가 필요하고, 그 소재는 삶의 관찰과 경험에서 비롯된다. 경험 자체보다는 경험에 대한 관찰이 더 중요하다.

글을 쓰는 사람에게 필요한 기본 태도는 바로 '관찰'이다. 외부 대상이든 내면의 변화든, 관찰은 곧 알아차림이다.

이러한 전제에서 글을 쓰는 사람이 처음으로 마주하는 한계는 '관찰의 정리'다. 나무를 바라보며 떠오르는 인상과 그 인상이 내면에서 일으키는 감정을 개념화하고 이야기를 구성하는 것이 첫 번째 어려움이다. 글을 많이 쓰다 보면 익숙해질 수 있지만, 이 단계는 언제나 쉽지 않다.

다음은 '어떻게 표현할 것인가'에 대한 고민이다. 예를 들어, '오늘은 나무가 푸르다'고 직접적으로 표현할 것인지, '오늘은 나무가 푸르름을 뽐낸다' 혹은 '오늘은 나무가 웃고 있다'고 표현할 것인지 결정해야 한다. 이 선택은 매우 중요하다. 이야기의 줄거리가 정해진 후, 그 줄기를 구성하는 표현 하나하나가 글의 재미와 감동을 좌우하기 때문이다. 표현은 이야기의 줄기이며, 표현 방식에 따라 글쓴이의 의지, 정서, 메시지 전달 효과가 달라진다. 따라서 표현은 자연스럽고 독자가 편안하게 읽을 수 있어야 한다.

세 번째는 '단어의 선택'이다. 표현은 문장이고, 단어는 그 문장을 구성하는 명사, 동사, 형용사, 부사 등의 품사이다. 중요한 것은 품사 자체가 아니라, 같은 상황에서 어떤 단어를 선택하느냐가 문장의 수준을 결정한다. 예를 들어, '세련된 스타일과 관대한 척하는 기만적 태도'라는 문장에서 '세련된', '관대한', '기만적' 대신 '멋있는', '너그러운', '속임수를 사용하는'으로 바꾸면 느낌이 달라진다. 의미는 같지만 전달되는 감정은 다르다. 또 다른 예로, '생산적인 사유를 통해 올바른 해법에 이르는 길'을 '의미 있는 생각을 통해 올바른 해결을 도모하는 길'로 바꾸면 역시 느낌이 달라진다. 이러한 차이는 글의 표현 결과에 큰 영향을 미친다.

물론 글쓰기의 각 단계가 명확히 구분되는 것은 아니다. 각 단계는 무용수처럼, 지휘자처럼 직관적으로 넘나들며 가장 적절한 단어와 표현, 느낌을 창조해내는 것이다.

글을 쓰면서 가장 어려운 부분 중 하나는 어휘력의 부족이다. 오랜 직장 생활로 인해 딱딱한 어휘에 익숙해졌고, 좋아하는 책도 철학, 사회 과학, 역사, 과학 분야에 치우쳐 있어 문학적 어휘 선택에 답답함을 느낄 때가 있다. 소설, 특히 문학 소설을 더 읽어야겠다는 생각이 든다. 비록 좋아하지 않는 분야일지라도 글쓰기에 도움이 된다면 노력해볼 가치가 있다.

글쓰기는 언어의 표현이지만, 결국 삶을 쓰는 것이다. 삶의 경험이 풍부할수록 더 좋은 글을 쓸 수 있고, 단어 선택도 사전적 의미보다는 인생 경험에서 우러나온 의미로 더 깊이 있게 사용할 수 있다. 글쓰기도 인생이다. 살아가는 동안 인생이 아닌 것은 없으니 말이다.

세상 살아보니
그냥 되는 것은 없더라.

지난밤이 지나고 맞이하는 아침도
태양이 밤새 달려온 덕분이지.

삶을 살아본 사람은 안다.
인생에서,
무엇이든,
시간을 차곡차곡 쌓는 것이 쉽지 않다는 것을.

바라보는 삶

하루를 시작한다. 매일, 같은 하루를 맞이하지는 않지만 마음은 언제나 되돌아와 같은 시간에 머문다. 오늘도 아무 일 없기를 바라는 그 마음. 한결같다.

무엇이 한결같이 같은 하루를 지내게 하는지, 군중 속에서 부대끼는 우리의 생활을 떠올려보면, 이해가 되는 듯하다. 오히려 그 한결같음이 대단한 것같이 느껴진다.

삶을 열심히 사는 것은 바람직하다. 그러나 열심히 산다는 것과 도를 넘게 사는 것은 다르다. 용감한 것과 무모한 것이 다르듯이 말이다.

열심히 산다는 것은 어떤 것일까? 열심히 살아야 할까? 열심히 사는 것이 잘 사는 것일까? 반복되는 생활에 지쳐 정신의 감각이 무뎌질 때쯤이면 감각적으로 떠오르는 의문들이다. 답을 제대로 찾아본 적은 없지만 말이다.

아침 출근길 풍경을 보면, 지하철이나 버스 시간에 맞추려 달리는 모습이 안쓰럽지만, 동시에 삶에 대한 치열한 의지를 느낀다. 밥벌이를 위해 열심히 사는 사람에게 '열심히 산다는 것이 무엇이냐'고 묻는 것은 어쩌면 무례한 일일지도 모른다. 아니 폭력적으로 들릴 수도 있다. 현실을 이겨내는 것이 먼저라는 것, 충분히 이해한다.

밥벌이를 탓할 생각도 없고, 고단한 하루를 괜찮다고 말하려는 것도 아니다. 그 순간순간이 묵직하게 삶의 공기를 누를 때조차도 그저 살아가야 한다면, 슬픔을 넘어 우리의 영혼이 아픈 것이다.

그래서 그 고단한 하루 속에서도 마음 한구석이 채워지지 않는다면, 그 이유를 찾아보는 것. 그것이 또 다른 '열심히'의 모습일 수 있다. 자기에 대한 최소한의 위로일 수도 있다. 좀 거창하게 표현하면 내가 사는 세상의 원리를 찾기 위한 삶이라 할 수 있다. 세상 사는 일이 녹록지 않지만 말이다.

세계는 상대적이고, 유한하며, 모순으로 가득하다. 그것들이 버무려져서 세상의 이야기가 되지만, 행복하지 않은 이야기가 더 많다. 삶을 서사의 크기로 비교할 수는 없다. 한 사람의 삶마다 속사정이 다 다르기 때문이다. 이 한계에서 삶의 크기보다는 삶의 방향성을 보아야 그 서사의 의미를 알 수 있다. 삶의 방향성이 삶의 의미이다.

모순적 구조에서, 순간순간의 정당성을 찾는 것은 어쩌면 무모한 행동이다. 매 순간이 무의미하다는 것은 아니다. 매 순간의 결과가 아니라, 매 순간의 선택, 그 선택과 결과 사이의 과정에 대한 진심. 그것이 삶의 의미를 만드는 것이고, 그것의 축적이 인생의 방향성일 것이다.

중요한 것은 선택과 과정이다. 이렇게 말하면, '결과는 중요하지 않다는 것이냐'고 바로 반문할 것이다. 이런 식의 전개가 모순 구조의 한계적 상황이다. 모순적 구조를 극복해야 하는 존재로서, 선택과 결과에 이르기까지의 과정에 대한 진심이 있고 나서야 결과를 말할 수 있다는 것이다. 결국은 모든 것은 한 점에서 만나게 되는 것이기 때문이다. 따라서 선택과 과정은 의지의 다른 표현이고, 방향성이다.

사랑을 지향하는 사람은 고통 속에서도 사랑하기 위해 노력하듯이, 증오를 지향하는 사람은 평온 속에서도 미워하기를 멈추지 않듯이, 어떤 의지를 지향하느냐가 삶의 방향을 결정한다. 쉽지 않다. 비난하기는 쉬워도 비난하지 않기는 쉽지 않다. 자기에게도 마찬가지다. 자기모순을 외면하기는 쉬워도 바라보기는 어렵다. 그러나 쉽지 않기에 그 과정을 통해 성장하는 것이다.

선택, 과정, 의지, 방향성으로 이어지는 삶의 진행이 성장이라는 마루에 이른다. 사회적으로 성장이 성공을 의미하는 것으로 생각하는 것이 일반적이지만, 삶에서 성장은 성공이 아니다. 사회적인 성공을 하든 그렇지 않든, 성장은 삶의 마디에 쌓여 마음을 더 자유로이 사용할 수 있는 상태가 된다. 이러한 성장이 없는 사회적 성공은 마음의 자유가 남는 것이 아니라 허무가 남을 것이다.

사회적 성공이 주는 물질적 풍요, 화려한 명예, 관계적 안정 등을 필요 없는 것으로 치부하는 것이 아니다. 이 모든 것이 욕망의 결과다. 그 욕망은 인간의 본성이다. 성장은 욕망을 없애는 것이 아니라 욕망을 자유롭게 다룰 줄 아는 것이다. 사회적이든 정신적이든 모든 것은 초월한 상태가 되면 욕망이 사라질지 모르겠지만, 내가 이해하는 한 모든 것을 없애서 자유로워지는 것이 아니라 모든 것 속에서도 자유로운 것이 진정한 삶이고, 수행이고, 자유일 것이다.

그러나 욕망을 조절하기가 쉽지가 않다. 스스로를 관찰해본 사람이라면 마음이 얼마나 요동치는지를 이해할 수 있다. 따라서 현실적으로는 욕망을 없애려고 하는 시도보다는 바라보는 것을 먼저 해봐야 한다. 지켜보는 일도 쉬운 일은 아니지만 이것마저도 하지 않으면 사실 할 수 있는 것이 아무것도 없다.

바라보기—관찰하기, 지켜보기—는 해야 한다. 또한 대충하면 안 되고, 진지하게 해야 한다. 그런데 그 진지함이 생활의 걸림이 되면 안 된다. '진지하게 자기를 바라보되 거기에 걸리지 않는 생활을 하라'는 것인데, 도인이나 가능한 일이지 평범한 일상에서 우리가 할 수 있는 것이 아니라는 생각이 들 것이다. 맞는 말이다. 아기가 걷기 시작하는 과정을 보면, 처음에는 말이 안 되는 것 같지만 아이는 반드시 걷는다. 원리는 단순하다. 의지를 갖고, 매일 조금씩, 쉬지 않고 일어서려고 하다 보면 걷게 되는 것이다.

삶이 그렇다. 마음이 먼저다. 의지가 먼저다. 멈추지 않는 것이 먼저다. 그렇게 하면 원하는 것이 된다. 그 과정을 거치면, 자연스럽게 알게 된다. 욕망의 변덕도 알게 되고, 욕망을 놓는 것도 알게 되고, 달라진 자기 모습을 보게 되는 것이다. 그렇게 시간이 흐르면 진지하면서도 진지하게만 살지 않게 되는 것이다. 긴장하면서도 긴장을 놓을 수 있는 상태, 즉 조화와 균형을 이해하게 된다.

삶은 완벽함을 위해 살지 않는다.
그 완벽의 무모함을 시도하는 지친 영혼에게
위로를 보낸다.

완전함을 위해 자기를 바라보는 것이 아니다.
완벽한 논리는 본래 이 세계에 있지 않다.
매 순간의 성공은
매 순간의 허무를 경험하는 것.
오늘의 웃음은 오늘만이다.

삶은 평온으로 지나가야 한다.

지나가는 길에 만나는 당신에게 들려주는 얘기가
따뜻했으면 좋겠고
편안했으면 좋겠다.

서로의 부족함으로
당신이 아파하지 않았으면 좋겠다.
우리 삶을 무모함으로
마무리하지 않았으면 좋겠다.

산이 된 도시

먼 산을 바라본 적이 있는가? 말없이 굳건하게 서 있는 산을 마주한 적이 있는가? 하늘은 이제, 적멸의 공간처럼 느껴진다. 바라보아도 돌아올 것이 없을 거 같아, 오래전부터 외면한 채 살아오지 않았는가? 하늘도 외면하고, 땅도 자기 발을 다 받아주지 않는다고 느껴질 때, 문득 창밖을 본다. 저 멀리 고요히 서 있는 산이 보인다. 그 산을 향해 말을 건넨다.

이 세상에 살면서 상처 입은 짐승을 받아주는 곳은 산뿐이다. 고독한 인간을 품어주는 곳도, 다름 아닌 산이다. 짜라투스트라가 산으로 간 것도 그 때문이었을 것이다. 냄새 나는 인간 사회의 모순을 씻어낼 수 있는 곳은 산과 그곳의 바람이라는 믿음으로 산으로 갔다. 언젠가는 내려와 인간 사회에 가야 한다는 것을 알면서도, 돌아갈 힘을 얻을 때까지 산에 머물렀을 것이다. 그 옛날에는 그랬다.

하지만 지금은 다르다. 우리가 사는 이 도시에는 더는 산이 없다. 산의 바람도, 고요도 사라진 지 오래다. 이제, 산의 일부만 남고, 산도 마을이 되었다. 사람이 넘쳐나고 그들의 욕망이 넘쳐난다.

이제는 산이 아니라 인간들 속에서 상처를 치유해야 하는 시대다.

기술의 진보와 함께 인간의 탐욕도 더 커지고 있지만, 다행스럽게도 인간의 의식도 높아지고 있다. 이제는 산이 아니라, 인간의 끈질긴 탐욕 속에서 꼿꼿하게 서서 인간의 욕망을 정면으로 응시해야 할 곳은 도시다. 상처 난 마음에 부처의 독경을 들려줄 곳은 우리가 살아가는 이곳이다. 스스로를 위해 기도해야 할 곳도, 명상을 해야 할 곳도 바로 여기, 우리가 살아가는 도시다.

도시는 우리들을 고독하게 한다. 하지만 그 고독은 도시를 떠나게 만드는 것이 아니라, 오히려 그 고독이 수많은 사람들 속에서 자신을 돌아볼 시간을 준다. 도시가 그 옛날의 산이 된 것이다.

그 옛날 산에서의 침묵의 독백, 자기와의 대화, 나무와 바람과의 교감을 이제는 도시에서 하면 된다. 당신의 의식이 도시에서 당신을 견딜 수 있게 하였다. 조금만 더 버티자는 불안한 견딤이 아니라, 고요하고 깊은 자기 걸음으로 충분히 견딜 수 있는 시대가 되었다.

이 도시의 시공은 당신의 묵직한 한 걸음 한 걸음을 고스란히 받아낼 것이다. 지금, 이 순간에, 이곳에서 세상의 무엇이 되려고 몸부림치지 마라. 오직 당신 자신을 위한, 당신의 자유를 향한 발걸음이면 충분하다.

지금 우리가 살아가는 공간이 도시든 아니든 시대가 주는 연결은 모두를 도시에 사는 존재처럼 만들었다. 서로의 부딪침과 외면이 증가하고 있지만 이러한 환경 속에서도 인간의 의식은 더 성숙해지고 있다고 나는 생각한다.

그래서일까, 우리는 그 옛날 산에서 얻었던 깨달음을, 마음의 평화를, 정신의 자유를 여기 우리가 머무는 도시 안에서도 찾을 수 있을 것 같다. 아니 이제는 그래야만 할 것 같다.

사람이 사람을 떠나 자유로워지기보다는 사람 속에서 자유로운 모습이 더 친근하다.

삶은 언제나 우리에게 질문을 던지고, 우리는 그 메아리를 듣는 존재다. 그 질문의 답은 오직 자신을 통해서만 얻을 수 있다는 운명은 피할 수 없다.

질문과 메아리가 같은 공간을 채우고 있다. 산이 된 도시는 더 이상 물러날 필요가 없는, 물러날 수도 없는 우리에게 존재의 안식을 묻는다.

삶, 존재, 그리고 도시. 지금 여기에서 자신의 평화를 얻지 못한다면, 어디에서도 당신은 지칠 것이다. 도시가 아름다워서가 아니라, 도시가 너무 좋아서가 아니라, 지금 살아가는 공간이기 때문에, 이 공간이 아니고서는 해결할 길이 없기 때문이다.

다른 공간으로 가면 다른 공간의 질문이 있겠지만 지금은 여기다. 여기, 이 공간이, 이 도시가, 명상의 산이고 휴식의 산이다.

꺾어지면서도
다시 살을 돋아나게 하는 나무,

할퀴어진 살에 침을 바르며
자기 길을 가는 외로운 짐승의 걸음,

넘어져도 다시 일어날 수 있는 의지,
쓰러지지 않고 서 있는 인간의 모습.

그렇게 스스로를 넘어서는 일,
그 넘어섬을 멈추지 않는 삶,
아침이면 일어나고 저녁이면 잠들 때까지

고개를 들고 세계를 바라보며
스스로를 살펴보는 지난한 여정,

읽고, 쓰고, 말하고, 생각하고 명상하며
그 긴 여정을 견뎌내는 침묵,

무엇이 되기 위한 몸부림이 아니라

자유를 향한
순수한 기도일 뿐이다.

삶의 속살

'살아낸다'고 말한다. 이 말에는 편안하게 지낸다는 것보다는 애를 써야 한다는 여운이 담겨 있다. 살아 내기보다는 살아감 그 자체였으면, 그렇게 자연스러운 삶이었으면 하는 마음이 든다.

삶은 누구에게나, 정도의 차이는 있지만 늘 버겁다. 버겁지 않다면, 아직 삶을 제대로 살아보지 못한 것일 수도 있다. 그렇다고 삶이 반드시 버거워야 한다는 것은 아니다. 삶을 무엇이라 말하기 어려운 이유는, 사람이 다르고, 그들이 살아내는 시간이 다르기 때문이다.

한때는 모든 것이 새로웠다. 보는 것, 듣는 것, 만지는 것, 맛보는 것까지. 세상의 모든 감각 앞에 마음이 활짝 열렸던 시절이 있었다. 만나는 사람마다 그냥 좋았을 때가 있었다. 얼굴에 웃음이 꽃처럼 피어나던 그런 시간이 있었다. 그 어떤 것을 물어도 재미있던 적이 있었다.

그러나 어느 순간, 자기도 모르는 사이 세상이라는 공간에 던져져 있었다. 누군가 달리기 시작하는 것을 보고, 이유도 모른 채 나도 함께 달렸다. 숨이 가빠 오는데 멈출 수가 없었다. 세상이 계속 달리고 있었기 때문이었다.

이해하지 못했지만 고개를 흔들지 않았다. 그러면 안 될 것 같았기 때문이다. 세상은 우리에게 개념을 주었다. 이래야 한다는 관념을 심었다. 그 관념은 내가 원한 생각은 아니었지만, 어느새 나의 생각은 그 관념을 따라가고 있었다. 두렵고 긴장됐지만 누구에게도 말한 적이 없다. 말하면 안 될 것 같았다. 세상은 나와 다른 세계였다.

그렇게 시간이 흐르고 아무도 모르는 장소에서, 혼자만의 상처에 침을 바르며 보내야 했던 시간이 있었을 것이다. 스스로를 탓한 적도 많이 있었을 것이다. 혼자 걸으며 외로운 적도 있었을 것이다. 아픔을, 고독을, 상처를 하얀 종이 위에 적으며, 하얀 종이가 검은 글씨로 채워지는 시간을 보내기도 했을 것이다.

그런 시간이 지나고, 마음이 단단해졌고, 감정은 무뎌졌으며, 훌쩍 커버린 삶의 마디를, 어느덧 굵어진 삶의 마디를 마주하게 된다. 굵어진 대나무는 바람에 잘 견디고 커버린 나무는 흔들리지 않아 세상을 이겨낼 힘이 있지만 그렇게 세상을 이겨내는 동안 유연함을 잃었다.

잘잘못이 아니다. 삶이 그렇다.

그러나 대나무의 속은 비었고 나무의 속은 부드럽다. 삶을 무엇에 비유할 수 있겠는가? 한 사람 한 사람의 삶이 온 우주를 담아내며 지나온 궤적인데 그 무엇에 비유하여 그 삶을 이야기하는 것은 삶에 대한 존중이 아닐 수 있다. 그럼에도 대나무가 그렇듯이, 나무가 그렇듯이 삶의 겉은 거칠어지고 얼굴에 주름은 늘었더라도, 그럴 수밖에 없었더라도, 자기의 안은 비워지는 삶이 되었으면 좋겠다. 그 비움에서 아름다운 소리가 울렸으면 좋겠다. 자기 안은 부드러웠으면 좋겠다. 그 부드러움에 온화함을 느꼈으면 좋겠다.

이 바람은 단순한 기도가 아니다. 어느 날, 모두가 거친 것이 아니라, 세상이 거친 것이 아니라, 나의 거칢이 세상이 되었을지도 모른다고 생각을 하게 된다면, 그 순간이 바로 당신의 성장이 시작된 것이다. 그 성장을 인식하게 되는 날 당신은 다시 태어난 것이고 다시 삶이 시작되는 것이다.

몸은 다시 태어나지 못해도 마음은 무한히 다시 태어날 수 있다. 그것이 부활인 것이다.

예수의 부활에서 십자가에 못 박힌 고통스러운 모습만 보지 말고 예수의 마음을 보아야 한다. 그분이 인류에게 전하고 싶었던 그 절실한 마음을. 그래야만 부활이 진정 부활임을 이해하게 될 것이다.

당신의 새로운 성장이 삶의 마디가 굵어지는 단단함 속에서도 비워지는 평온을 만드는 것이다. 당신의 새로운 시작이 거칠어지는 삶의 순간순간에도 내면의 부드러움을 만드는 것이다.

평온은 스스로 만드는 것이다. 모든 것이 당신 탓이라는 것이 아니다. 당신 잘못은 없다. 세상도 잘못은 없다. 우리 세계는, 그 속에서 살아가는 우리는 모순으로 만나서 모순의 시공을 견디며 살아가는 것이지만, 잘못의 원인을 찾으려 방황하지 말고, 모순의 본질을 발견하는 여정을 보내야 한다.

삶은 순간순간의 변화다. 그 변화는 당신의 무한한 선택이다. 당신이 어디를 바라보는가, 그것이 중요할 뿐이다. 그렇게 당신의 바람은 현실이 될 것이고 언젠가 삶의 여운을 느끼는 그날, 그 바람이 당신과 함께할 것이다.

이번의 폭풍은
휘몰아치는 바람은 아니라
굴곡의 대지를 스쳐가는 조금 거친 숨결입니다.

이 작은 폭풍이
다시 삶의 시간을 뒤집어 보게 합니다.
그만큼 내 마음도 한 겹 자라난 듯합니다.

폭풍은 스스로 오는 것이 아니라
부르는 자의 메아리로 오는 것입니다.

오래전 지나간 폭풍의 날.
잃어버린 사랑을 알게 한 그날,
다시 잃지 않기 위해 간절히 사랑을 했습니다.

이번 폭풍은
잃지 않기 위함이 아닌
긴 인연의 숙제를 알게 했습니다.

폭풍이 지나고
바람은 잔잔해졌습니다.

폭풍의 시간을 지나며
감사를 가슴에 담고
인연의 용서를 받기를 바랍니다.

이 삶이 다하는 날까지 사랑으로 남아서
용서 그 자체를 넘어서
마음의 응어리가 녹아 강물이 되어 흘러
자유로운 존재가 되기를 바랍니다.

영혼이 정화되는 그날까지는
언제고 폭풍이 다시 오겠지만
감사, 오직 감사함으로 맞이하겠습니다.

흔들리는 세계

세상살이, 듣는 것만으로도 아련함이 느껴지지 않는가? 살아온 시간만큼 그 느낌의 깊이는 다를 것이다.

20대는 아련함이란 단어조차도 낯설고, 30대는 그 감정을 서서히 느끼기 시작할 것이고, 40대는 삶의 무료함과 버거움이 쌓여가고 있을 시간이라서 삶을, 인생을 감각적이든 그렇지 않든 생각하게 되고, 50대는 40대의 연장이면서 조금씩 삶을 이해하는 시간일 테고 직장 생활을 마무리해야 하는 시간이기도 하여 그 아련함의 감정이 커질 것이다. 순전히 내 경험이다. 당신 역시도 자기 삶을 이렇게 한번 정리해볼 것을 제안해본다.

내 20대는 힘들었다. 그때는 이유를 알 수 없었지만 우울했다. 세상은 부조리했고, 내 자존감은 바닥을 치고 있었다. 하지만 근본 원인에 대한 고민도 없었고, 존재에 대한 성찰도 없었다. 그저 무언가의 결핍을 운명처럼 안고 고독 속에 살았던 거 같다.

그렇게 20대를 지나고 30대의 치열함과 열정의 시간을 보냈다. 무엇이든 열심히 했고, 알고 싶은 것도 많았다. 자존심이 상하는 대우는 받고 싶지 않았다. 지금도 알고 싶은 것은 많고 나름 열심히 사는 것을 보면 그것들이 내 성격인 거 같지만, 자존심 때문에 경험한 충돌들은 분명 나에 대한 성찰의 부족에서 기인한 것이었다. 나는 늘 '왜 이렇게밖에 못하지'라는 질문을 품고 살았다. 내 존재에 대한 질문은 항상 나를 따라다녔다. 조직에 대한, 사회에 대한 생각도 많았던 시기였다.

사람이 모여 사는 곳이 사회이니 존재에 대해 생각하는 사람이라면 자연스럽게 사회에 대해 관심을 갖고 문제 제기를 하게 된다. 갈등, 사회 관습에 따라야 하는 현실, 눈치, 정직, 행동 등 그때나 지금이나 내 주변을 둘러싼 환경의 모습이다. 그때와 다른 점은 내가 많이 자유로워졌고, 편안해졌다는 것이다. 아직도 알아야 할 것이 많고, 공부 중이지만 삶을 조금은 이해하는 것 같다. 그것이 편안함을 주는 것인지도 모른다.

40대에 접어들어서는 삶의 패턴이나 모습이 30대와 다르지 않았지만, 그 내용에 있어서는 많이 달랐다. 만나는 사람이 달랐고, 조직이 달랐고, 문화가 달랐다. 그 삶의 문화와 의식 수준의 차이로 인해 관계의 양상이 달랐다. 특히 이 시기의 사람들은 자기들과 같은 삶의 태도를 암묵적으로 강요하는 분위기가 우세했기에 내 성격과 차이가 커 갈등도 많았으나 큰 우를 범하지 않고 잘 견디고 넘어온 것 같다.

50대는 많은 이들이 그렇듯, 사회적으로 리더로서의 역할을 맡는 시기다. 다양과 판단과 결정, 실행의 순간들이 이어졌고 그만큼 다양한 사람들을 만났다. 어려운 상황도 많았다. 내가 해야 할 일과 타협 사이에서 갈등하는 순간도 많았다. 그럼에도 나의 길을 지키며 견뎌온 시간들이 결국 나를 성장시켰다. 때로는 사람들이 이익을 위해 주변을 희생시키거나 외면하는 모습을 보며 안타까움을 느꼈지만, 그런 경험조차 나를 돌아보게 했다.

지나온 시간을 돌아보면 아쉬움이 많다. 그러나 그 아쉬운 과정 속에서 성장해왔음을 감히 말할 수 있다. 나무가 바람에 흔들리듯, 나 역시 세상의 소리에 흔들리고 버거웠지만, 그 모든 것이 나를 키웠다. 물론 그렇지 못한 순간들도 있었다. 하지만 나 자신에 대한 관심을 놓지 않았기에 어느덧 내 삶의 마디는 굵어져 있었다.

아직 부족하고, 흔들리는 걸음이지만, 이제는 두렵지 않다. 이제는 잃어도 괜찮은 마음이고, 잊혀도 외롭지 않은 마음이다. 그 역경의 시간을 나와 같이하는 가족과 친구, 그리고 마음 맞는 사람들과의 연결은 나를 무너지지 않게 했고 진리에 대한 믿음이 나를 지켜주었다.

모든 사람은 자기의 시간이 있고, 자기의 인연이 있다. 그들 또한 그 시간 속에서 자신만의 방식으로 성장했을 것이다.

아직 젊은 사람은 너무 먼 미래가 아니라 지금 걷는 길이 곧 그 길이 되는 것임을 이해하고 가면 될 것 같다. 나이가 되어 이미 많이 온 사람이라면 과거도 미래도 아닌 지금의 마음을 다독여보면 좋을 듯하다. 누구든, 어느 경우든 모든 이의 삶은 각자의 삶이다.

삶은 흔들리며 가는 것이다. 나무는 흔들리며 크는 것이다.

흔들린다고 포기하지는 않았으면 한다. 쉬어 갈 수는 있어도 멈추지는 말았으면 한다. 자기에 대한 부단한 관심이 자기를 살린다는 것이 삶이 우리에게 주는 메시지다. 삶의 기간은 중요하지 않다.

　흔들리며 삶을 살아온 나, 그리고 같은 길을 걷는 이들과 이 시를
나눈다.

바람은 나무를 붙잡고
부러져라, 부러져라 흔들고

세상은 나를 묶고
나와 같이 살자, 나처럼 살자
소리를 쳐댄다.

세상이 아무리 시끄러워도
자기의 시간으로 지나가고
자기의 인연으로 이어지는 것이다.

지칠 수는 있어도
꺾이지 않는 마음으로
한 걸음씩 걸어가면 된다.

흔들리며 가는 것이 삶이다.

4
당신이 사랑의 시작이다

시간이 흘러가는 대지에 피어나는 존재

꽃이 내 앞에 다가올 때
꽃만 오지 않는다.
내가 꽃으로 다가설 때
나만 가지 않는다.
서로에게 스며들어 피어난다.

시간 속의 현존

아침에 눈을 뜨면 가장 먼저 시계를 본다. 하루의 시작부터 우리는 '시간'이라는 이름의 규칙과 마주한다. 아이는 배고프면 울지만, 어른은 시계를 본다. 정해진 시간에 밥을 먹고, 정해진 시간에 일어나며, 정해진 시간에 나선다. 그렇게 우리는 어느새 사회가 만든 시간의 틀에 익숙해졌다. 하지만, 그 규칙은 과연 자연스러운 걸까?

학교에 들어가면 지각하지 않으려고 시계를 본다. 수업 시간표에 맞춰 움직이며, 시간의 경계에 맞춰 하루를 쪼갠다. 아주 오래전에도 사람들은 낮과 밤을 구분하며 살았겠지만, 지금처럼 시계를 보며 하루를 단속하지는 않았을 것이다. 그 시절엔 '생활의 순간'이 더 중요했을 것이다. 지금은 아이부터 어른까지 모두 정해진 시간 속에서 살아간다. 그런데도 정작 '시간이란 무엇인가'에 대해 깊이 생각해본 적은 별로 없는 것 같다. 우리는 그저 태어나면서부터 주어진 시간을 살아가고, 그 시간을 파악하기 위해 시계를 붙잡고 있을 뿐이다.

어릴 때부터 우리는 이런 말을 들어왔다. 과거를 반성하라, 미래를 꿈꾸라, 언젠가는 더 나아질 거라고. 그 말들을 수없이 되뇌며, 그렇게 살아왔다. 지금도 반복 중이다. 그런데도 현실은 좀처럼 달라지지 않는다. 지금 이 순간은 여전히 복잡하고 문제투성이인데, 세상은 자꾸 과거나 미래를 보라고 한다. 하지만 가장 중요한 것은 바로 지금, 이 순간 아닐까. 지금에 충실할 수 있다면, 그것만으로 충분하지 않을까. 이상하게도 사회는 현재를 말하지 않는다. 우리는 어쩌면 시간을 잘못 설정하고 살아가고 있는 건지도 모른다.

삶을 살다 보면, 지금 여기에 머물고 있다는 감각이 나를 가장 편안하게 만든다는 것을 알게 된다. 누가 가르쳐서가 아니라, 삶의 경험이 그렇게 말해주었다. 성인의 말이나 명언 때문이 아니다. 내가 직접 느껴본 바로는, 가장 단단한 위로는 언제나 현재에서 시작된다.

어떤 일에 몰입할 때, 시간은 느려진다. 물론 시간의 빠름과 느림은 주관적인 경험일 뿐이다. 하지만 몰입하는 그 순간만큼은 뚜렷한 의미가 있다. 시간은 단지 흘러가는 것이 아니라, 내가 '지금 여기에 존재하고 있다'는 감각을 확인하게 해준다. 시간이 느리게 느껴지는 것은 지루해서가 아니라, 오히려 그 시간에 온전히 머물기 때문일 것이다.

시간에 대한 철학적 논의는 많지만, 여전히 이해하기는 어렵다. 내게는 시간도 공간도, 우리가 살아가는 '시공간의 밀도'에 따라 체감이 달라지는 것처럼 느껴진다. 하지만 이를 명확히 설명할 방법은 없다. 내 몸과 의식은 분명히 시간의 흐름을 경험하고 있는데, 동시에 어떤 순간에는 시간이 멈춘 듯한 느낌도 든다. 명상 중에, 혹은 일상 한가운데서 불현듯 찾아오는 그 순간들. 과학은 그것을 착각이라 할지도 모르지만, 과학이 모든 것을 설명할 수 있는 것도 아니다.

현실적으로 시간의 형이상학은 어렵고, 어쩌면 무의미할지도 모른다. 하지만 우리가 가끔 마주하는 존재의 순간 고요한 멈춤, 텅 빈 진공 같은 느낌, 그런 감각을 이해할 수 있다면, 그것만으로도 충분히 위로가 된다. 그리고 그런 위로는 누군가의 말보다는 스스로에게 건네는 말이어야 하지 않을까. 가장 깊은 위로는 언제나 자기 자신에게서 온다.

내가 이해한 시간에 대한 나만의 생각을 정리해보면 이렇다. 밀도가 높은 시공간에서는 시간은 과거, 현재, 미래로 나뉘지만, 그것이 하나로 모이면 결국 남는 건 '현존'뿐이다. 시간이 따로 있는 것이 아니라, 지금 이 순간에 머무는 감각이 곧 시간의 본질이다. 삶의 밀도의 차이가 곧 경험의 차이를 만든다.

시간은 늘 곁에 있지만 쉽게 잡히지 않는다. 이 글은 그 붙잡히지 않는 시간에 대한, 나만의 감각과 생각이다. 혹시 당신도 시간에 쫓기고 있다면, 아주 잠깐이라도 지금, 이 순간에 머물러보기를 권하고 싶다. 우리가 머무는 바로 이 순간이, 가장 조용하고 가장 진실한 위로가 될 수 있으니까.

봄이 아무리 아름다워도
나의 봄이어야 아름다운 것이다.

경전의 글이 좋아도 내가 이해해야 내 것이다.

하늘이 아무리 좋아도 눈으로 보는 것으로는
아무것도 이해할 수 없다. 마음이 받아들여야 내 하늘이다.

시가 가슴을 떨리게 하여도
내 시가 살아 있는 시이다.

내가 없으면 세상의 모든 것이 가짜다.
꿈같은 인생에서 참모습
한 번 보지 못하는 삶은 슬프다.
이 삶을 살며 어떻게 슬프지 않겠는가?

삶, 그 시간은 아름답다.
소리 없이 또는 소리치며 지나온 시간, 지나갈 시간.
그 시간 속에 내가 살아 있어야 한다.

육신의 고향으로 돌아가는 것은 귀향이나
마음의 고향으로 돌아가는 것은 부활이다.
부활은 다시 살아나는 것이 아니라 나로 돌아가는 것이다.

내가 되는 것,
그것이 생명이요 진리다.

나는 누구인가?

인류의 역사를 관통하며,
삶 속에서 언제나 직면하는 의문이다.

그럼에도 언제나 '나는 누구인가'를 되뇌는 이유는
아직도, 여전히 나를 찾는
구도의 시간이 남았기 때문일 것이다.

나는 괴롭기를 원하지 않았다.
나는 아프기를 원하지 않았다.
나는 혼란스럽기를 원하지 않았다.

그러나 세상은,
내가 원하는 방향과 반대였다.

나는 하나인데,
내가 직면하는, 나는 오직 하나인데,
왜 내 의지대로 되지 않는가?
원하는 나와 고통받는 나는 다른 나인가?

그렇다.

나는 하나이면서도
언제나 그 하나에서 분리된 또 다른 나로서 살아온 것이다.
그렇지 않고서 이렇게 나의 의지와 다르게 힘들어하는 나를
지켜보는 일이 반복될 수는 없다.

분명 나라고 인식하는 나와
그렇지 않은 내가 있음이 분명하다.
말과 글로 보이지 않는 나를 표현하기는 불가능하다.
세상의 도구로는 보이는 것만을 표현할 수 있을 뿐이다.

보이지 않는 나는,
또 다른 나는,
내 안에서 나를 움직이는 나는,
생각이 아닌 침잠 속에서만 만날 수 있다.

끊임없이 말없이 기다리는 마음,
말없이 지켜보는 용기,
용기조차 내려놓는 침잠으로만 만날 수 있는 의식이다.

보이지 않는 나를 보는 나는 없을까?
있을 것이다.

나의 껍데기가 하나라면,
또 다른 하나의 나가 있을 것이지만,
여러 껍데기에 씌워진 나라면,
그 껍데기의 수만큼의 나를 넘어서야 할 것이다.

한 생각이 올라오면, 그 생각을 끈다.
이 지난한 운명을 이해하지 못하면,
이 운명으로부터 벗어나지 못한다.
한 고비를 넘어설 때마다,
한 숨을 몰아 내쉬고, 다음 발을 내딛는다.

그 다음 발의 첫걸음이 삶의 첫걸음이 된다.
육체의 인생은 한 번을 살지만,
영혼이 성장하는 삶은
매 순간의 내디딤이 첫 삶이다.

그 성장은 불현듯 온다.
알 수는 없지만,
어느 순간 고통은 바람처럼 사라진다.
그 사라짐과 동시에 평온이다.

하나의 고통이 사라지면,

한 마디의 혼란이 사라지면
다른 마디가 아프다.
삶의 마디가 대나무 마디처럼 쌓여갈 때,
삶이 푸르러진다.

다 자란 대나무는 바람에 흔들리며 즐긴다.
이번 생은 그렇게 흘러간다.

당신이 사랑의 시작이다

모든 이해의 출발은 자기이다. 자기중심적 사고가 이기적 사고는 아니다. 자기 존재 인식은 자기로부터 시작할 수밖에 없다.

스스로는 본질적으로 모르는 존재이다. 태어나는 그 순간부터 우리는 존재로부터 격리되어 살아가게 된다. 존재는 발견하는 과정을 밟게 되어 있다. 존재는 발견하는 것이다. 존재 발견 과정이 바로 삶의 여정이다. 그 여정은 매 순간 '모름'이다. 자신은 스스로 자기를 발견할 씨앗을 갖고 태어나기 때문에 발견하고자 하는 의지만 있으면 언젠가는 찾게 되어 있으나, 그 여정에서 항상 '모름'이라는 현실을 직면하게 되는 것이다.

알 수 없는 분노의 타오름. 슬픔의 감정, 외로움의 느낌 등 감정과 생각의 많은 부분이 의도치 않은 시점과 상황에서 자기를 자극하지만 근본적인 원인을 알기는 어렵다. 때로는 명상으로 그 감정의 파도를 가라앉히고, 때로는 그 고요 속으로 들어가 시간의 그물을 헤쳐가며 자기 존재를 찾아가는 일이 인생이다. 그 찾음은 쉬워서는 안 된다. 우리는 그 찾음에 관한한 영원한 여정에 있기 때문이다.

　그러나 쉬지 않아야 하는 이 여정에서 쉬어야 할 때가 있다. 파도가 심하게 치는 곳에서는 파도로부터 벗어나야 하는 것처럼 자기 마음이 혼란이 극심한 경우에 그곳에서 자기를 찾아볼 수가 없다. 설사 본다 해도 조금의 변화를 발견하는 것으로는 그 혼란 속에 다시 파묻힐 가능성이 높다. 따라서 그 경우에는 자기 찾음의 여정을 멈추고 자기 휴식의 시간을 가져야 한다. 그 휴식도 자기 여정의 한 부분이다. 그 휴식을 통해 혼란의 파도가 잔잔해졌을 때 자기를 바라보면, 자기가 보인다. 그 때 다시 찾아 나섬을 하는 것이다. 삶의 여정은 이러한 상황을 지혜롭게 볼 수 있어야 한다.

　지난(至難)한 찾음을 지나, 불쑥 드러난 존재를 발견하면 없음(=무아)이 된다. 찾음이 없음이 되는 것은 언어의 영역이 아니다. 생각과 개념의 영역이 아니다. 말 그대로, 불쑥 찾아온 질적 도약이다. 그 도약 이후의 삶은 그 전과는 확연히 다르다. 그 전 의식에서의 저항이 사라진다. 새로운 의식이다. 그 순간은 풀려난 자유를 느낀다. 그 자유가 깨어있을 때, 많은 변화를 경험한다.

　우리의 존재는 영원한 변화 속에 있다. 존재 자체도 영원히 변화하는 의식이다. 따라서 의식의 새로운 도약은 도약 후에 반복되는 것 같지만 다른 차원의 의식과 물리적 차원의 경험을 하게 된다. 그 새로운 지난한 시간이 지나고, 그 시간 동안 꺾이지 않고 자신을 성찰하고, 회복하는 부단한 경험을 통해서 새로운 도약을 하게 된다.

　의식의 성장은 완성이 없다. 영원한 변화의 여정을 통해 영원한 성장을 경험하는 것이다. 영원하다는 개념이 당신을 무너지게 하거나 지치게 할지 모르지만, 그것은 현재에 대한 시간적 허상일 뿐이다. 지금이 영원이다. 당신 의식이 질적 도약을 할 때마다, 영원은 당신에게로 실재하는 것이 된다. 낮은 의식에서는 물질적인 것에 머무른다. 높은 의식에서는 물질을 초월한다. 다시 말하면, 낮은 의식에서는 밀도가 높은 것만을 인식하고 경험하지만, 높은 의식에서는 낮은 밀도의 세계를 경험한다.

수많은 개념과 방법 속에서, 자기의 방향을 발견하고, 그 실행을 통해서 자기 존재를 발견하는 일, 어렵고 힘든 일이지만, 그 여정이 아니고서는 고통의 굴레를 맴돌 수밖에 없는 것이 우리의 운명이다.

매일매일 새로운 감정의 결을 지나간다. 그 결을 읽어내는 시간이 존재 발견의 시간이다. 자기를 찾는 일, 위대한 여정이지만, 그 위대함이 당신의 평범함을 부정한 위대함이 아니라, 그 평범한 속에 있는 위대함이다. 따라서 우리의 삶, 그 자체는 위대하고, 아름답다. 그 혼란과 고통 속에서 피어나는 위대함의 꽃이 당신 존재다.

스스로를 사랑해야 하는 것은 당신의 선택이 아니라 운명이다.

세상의 모든 것은
자기로부터 시작하는 것입니다.

세상에 던져진 당신은
자기 존재를 잃어버린 채
어둠의 길 위에 있고,

삶의 여정은
지난한 모름의 시간이지만
존재의 찾음은
불쑥 드러난 당신의 비움입니다.

그렇게 드러난 당신은
영원을 경험하며 그 순간을 지나갈 뿐입니다.

영원한 시간은
현재의 시간에 대한 허상입니다.
지금이 영원입니다.

당신의 의식이 도약을 할 때마다
영원은 당신의 곁에 와 있습니다.

당신을 사랑해야 하는 것은
그 사랑 속에서
당신은 피어나기 시작하기 때문입니다.

아직도 피어나는 꽃

세월의 흔적이겠지만, 무엇이든 생각했던 것을 적으려고 하면 기억이 나질 않는 경우가 많다. 물질로 된 몸이라는 형상이 있는 이상은 피할 수 없는 현상일 것이다. 열역학의 엔트로피 법칙이 몸에도 적용되는 것이다. 다시 말해, 노화다. 몸에 대해서는 노화라고 말하지만, 정신에 대해서는 노화라고 말하는 것보다는 무엇을 잊거나 잘 잃어버리면 '정신이 없네' 정도로 표현하거나 치매 등의 병으로 부르는 경우가 대부분이다.

왜 그런지 생각해보면 몸의 노화는 기술로 늦춰보려고 끊임없이 시도하고 있고, 그것이 가능하다고 믿고 있으며, 현재 과학의 발전과 속도를 보면 아니라고 말할 수도 없는 것 같다.

그러나 정신은 어떤가 하고 생각해보면 할 말이 그다지 많지 않다. 정신은 나이로 설명하기도 애매하다. 물론 일반적으로 나이가 많으면 정신 수준이 높다고 암묵적으로 생각하는 경향이 많았지만, 알다시피 사실이 아니다. 정신은 나이가 기준이 아니다. 그리고 정신을 젊게 한다는 생각은 받아들이기 어려운 말이기도 할 것이다. 몸은 젊어지면 표가 나는데 정신은 알 수가 없다. 그래서 인류의 역사를 통해서나, 개인의 삶을 통해서나, 사회적 통념을 통해서 바라보면 정신은 끊임없이 얘기 되지만, 끊임없이 이해가 안 되는 것으로 남아 있는 것이다. 정신에 대 해서는 소수의 인류만이 이해한 것임에 틀림없다.

그런데 몸이 아무리 좋아도 불편한 무엇이 내면에 있지 않은가? 사 람이 그럴 것이라는 것은 살아오면서 경험한 많은 것들이 보여주었다 고 생각한다. 누군가 나는 그런 거 없다고 주장한다면 뭐라 할 수 없지 만, 인간은 밥으로만 살 수 없다는 것은 이미 다 알고 있다.

내 생각에, 정신은 노화를 경험하는 것이 아니라 지치는 것일 뿐이 다. 지친다는 것은 휴식하면 다시 돌아오는 것이니 노화와는 상관이 없 다고 본다. 따라서 정신을 바짝 차리면 나이와 관계없이 정신은 살아 있다. 정신은 세상의 나이가 없고, 성숙으로 그 나이를 알 수 있을 뿐 이다.

꽃이 피고 지는 것은 자연의 일이고, 사람이 생로병사를 겪는 것은 하늘의 일이지만, 그 둘 다 시작과 끝을 사는 한계를 경험한다. 형상 있 는 모든 것은 이와 같지만 언제나 새로운 봄이 다시 오는 것처럼, 언제 나 새로운 새벽을 맞이하는 것처럼, 언제나 하늘의 바람과 별이 다시 밀려오는 것처럼 우리의 마음은 언제나 새롭게 다시 시작하는 것이다. 언어로 표현하면 다시 시작하는 것이지 실제로는 영원한 시간에, 무한 의 공간을 채우며 흐르는 것이다. 무슨 대단한 것을 알아버린 문장 같 지만 나는 아직 세상이 말하는 깨달음을 모른다. 그렇지만 깨달음이 완 전함에 대한 박제가 아니듯이 내 삶에서는 그것이 나의 작은 깨달음이다.

꽃은 한 번에 피는 것 같지만 그 꽃이 피기 위해 얼마나 많은 시간과 우주가 움직였는지 이해한다면 꽃이 피는 것은 때가 되어 그냥 피는 것이 아니라 창조의 몸부림이다. 그렇듯 나는 아직도 피어나는 꽃이고 나와 같이 한 생을 살아가는 사람들도 다 같이 피어나는 꽃이다. 피어나는 계절은 다르겠지만 꽃은 꽃이듯이 사람은 다 피어나는 존재다.

나는 여전히 부족한 게 많이 있다. 말 그대로 여전히 그렇다. 나이가 들수록 부족하다는 생각이 더 든다. 겸손한 척하는 것이 아니다. 나에겐 부족함이라는 단어가 어울린다. 부족하다는 것이 자신감이 없다는 것을 의미하는 것 또한 아니다. 말이 나온 김에 간단하게 하나 짚고 넘어가면 세상의 인심은 겸손이나, 자신감을 드러난 모양으로 판단하지만, 사실은 속마음이 더 중요하다. 더 중요하다고 한 것은 진실이라는 뜻이다. 세상을 살면서 세상인심을 무시할 수는 없는 일이니 더 중요하다고 표현할 수밖에 없지만 진실은 속마음이라는 것이다.

다시 돌아가서, 내가 나를 부족하다고 생각하는 이유는 내가 안다고 하는 것이 세상살이에는 어느 정도 도움이 되고 사회에서도 그럭저럭 통하지만, 실제로 무엇을 아는가를 되물어보면 그 본질에 대해서는 어렴풋하게만 알기 때문이다. 특히 사람 속에 살면서도 사람을 잘 대하지 못하는 것을 보면 아직은 갈 길이 멀다는 생각을 더 하게 된다. 사람을 잘 대하지 못하는 것은 성격 탓도 있겠지만 사람을 다 이해하지 못해서가 더 근본일 것이다. 이번 생을 다하는 그날까지 공부하는 것밖에는 다른 방법이 없으니 더 열심히 자기를 챙겨볼 일이고, 그 노력만이 다시 돌아와 새롭게 시작하는 시간에 조금이라도 더 깨어난 정신으로 살아갈 수 있을 것이다.

부족함과 보잘것없는 이해로 한 생을 보내지만, 우리가 피어나는 꽃의 몸부림을 놓치지 않는 한, 사람이 존재로 다시 거듭나는 믿음을 버리지 않는 한, 세상의 모순을 모순으로만 보지 않고 넘어서는 과정임을 받아들이는 한, 우리 곁의 사람이 우리와 무관한 사람이 아니라 같이 필 꽃에 대한 희망을 품는 한, 우리는 아직도 피어나는 꽃이고, 반드시 피는 꽃이다.

마지막으로 한 가지 더 얘기하자면, 익숙한 개념이 본질은 아니라는 것이다. 사랑이 그렇게 익숙한 단어지만 사랑이 사회를 가득 채우지 못하는 것과 같다. 피어나는 꽃도 누구나 다 아는 꽃이고 그 현상이지만 본질을 알았다고 할 수는 없다. 세상을 유심히 바라보면 보인다. 아름다움이 보인다. 당신이 피어나는 꽃인지, 다시 살아나는 존재인지는 오직 당신만이 그 물음에 답할 수 있는 것이다. 자기를 사랑하고, 자기를 믿고 그 길을 가기를 바란다.

서로에게 다가서는 그 순간은
우연한 만남과 환희가 아니다.

기다린 시간의 인연으로
서로의 호흡을 느끼는 것이다.

세계가 담아내는 모든 것들은
우연한 것이 없다.

우연한 삶은 없다.
삶은 언제나 깨어나기 위해 애쓰는
꿈이다.

삶을 돌아보면, 때로는 물질적 풍요를 좇아 달렸고, 때로는 존재의 아픔을 품은 채 걸어온 시간이었습니다. 그러나 그 모든 여정 속에서 삶은 언제나 나의 의식을 성장하게 하는 존재였습니다.

그 성장의 마디를 지나올 때마다, 나 자신을 조금씩 새롭게 이해하는 시간이었습니다.

이제는 조금은 성숙한 마음으로 지난 시간을 돌아봅니다. 만약 그 굴곡의 시간을 다시 살아간다 해도 더 잘할 수 있었을 것이라 생각하지 않습니다. 타고난 운명 또한 내 삶의 일부로 함께 살아야 했기 때문입니다. 아마 다시 살아도 그 삶이었을 것입니다.

부족한 것은 부족한 대로, 채워진 것은 채워진 대로 살아낸 시간들이 모여 지금의 내가 되었습니다.

나는 여전히 새로운 삶의 마디를 만들어가고 있지만, 이 책을 통해 지나온 마디들의 이야기를 나누고 싶었습니다. 이 책이 제 마음의 깊이를 다 담아내지 못하고 여전히 다듬어지는 중이지만, 이 나눔이 당신의 마음에 작은 공명으로 닿을 수 있다면 그것으로 충분합니다.

우리는 서로 다른 길을 걸어가지만, 뿌리가 같은 존재이기에 서로를
밀어내고 끌어안으며 함께 성장했으면 합니다.
이 글들이 그 성장의 온기를 나누는 작은 통로가 되기를 바랍니다.

당신, 괜찮은 사람이에요

마음이 편안하지 않으면
속상하지요?
그것으로 당신의 마음 바탕은 살아 있는 거예요.

마음은 사람 사이의 관계가 아니라
자기와 나누는 대화예요.

화가 좀 나도 괜찮아요.
화를 내봐야 화를 이해하게 되는 거지요.

미운 마음이 좀 올라와도 괜찮아요.
미워해봐야 다른 사람을 통해
자기를 엿볼 수 있어요.

아프지 않기를 바라지 마요.
아파봐야 아픈 사람을 이해하게 돼요.

상처가 없기를 바라지 마요.
자기 상처에 침을 발라봐야
다른 사람의 상처가 보여요.

부족하면 부족한 대로
지켜보는 것도 괜찮아요.

서두르지 마세요.
마음은 서두르면 힘이 빠지지 않아요.
당신에 대한 이해가 필요한 시간만큼 기다려요.
괜찮아요.
당신은 당신을 사랑하니까요.

마음의 힘이 다 빠지면
다 지나가는 바람이었음을 알게 돼요.

마음이 편안하지 않으면
속상하지요?
그만큼 당신에게 당신이 소중한 거예요.

아직도 피어나는 꽃

초판 1쇄 인쇄 2026년 3월 15일
초판 1쇄 발행 2026년 3월 20일

지 은 이 소병식
펴 낸 이 김성배

책 임 편 집 박승애, 심재경
디 자 인 윤현경, 이미애
제 작 김문갑

발 행 처 도서출판 씨아이알
출 판 등 록 제2-3285호(2001년 3월 19일)
주 소 (04626) 서울특별시 중구 필동로8길 43(예장동 1-151)
전 화 (02) 2275-8603(대표) | **팩 스** (02) 2265-9394
홈 페 이 지 www.circom.co.kr

I S B N 979-11-6856-366-7 03810